# 유우의 섬

dot.22 강다연

---

# 유우의 섬

아작

toc.

1  **A존으로 가는 길** ___ 7

2  **돌연변이** ___ 22

3  **출항** ___ 51

4  **설산** ___ 73

5  **문 너머의 비밀** ___ 124

6  **유우도감** ___ 133

7  **새로운 겨울아침** ___ 154

작가의 말  195

# 1

## A존으로 가는 길

유우.

약 150년 전에 발생한 대지진 이후 A존에 출몰하기 시작했다. 메탈 같은 회색 피부에, 3~4미터 크기지만 사람처럼 생겼다.

A존 밖으로 나오려는 시도는 아직 발견된 적 없다.

단성생식을 하는 특이 포유류다.

— 화재로 손상된 《유우도감》 중 일부


A존으로 향하는 바닷길은 너무나 고요했다. 예원

이 탄 모터보트가 만들어내는 물결을 제하고는 모든 것이 멈춘 것 같았다. 지상 위의 모든 것을 휩쓸어버린 대지진 이후의 삶은 언제나 침묵과도 같았지만, 바다가 주는 정적은 사뭇 다른 느낌이었다. A존을 둘러싼 흉흉한 소문 때문일지도 몰랐다. 예원은 하늘 가득한 안개를 가만히 응시했다. 잔뜩 긴장한 탓에 뭉친 어깨가 돌처럼 단단해 애써 힘을 빼보려 했지만, 마음처럼 쉽지 않았다. 손에 쥔 양궁 활이 땀으로 축축해져갔다.

낡은 모터보트엔 예원 말고도 외삼촌과 동하가 함께였다. 큰 키에 비해 핼쑥할 정도로 마른 삼촌은 능숙한 모습으로 모터보트를 조종했고, 힘으로 다져진 건장한 몸의 동하는 예원보다도 긴장한 듯 몸을 꼿꼿이 세우고 있었다. 같은 모터보트 위에 탄 셋은 그 어떤 말도 하지 않았다.

예원은 이들과 함께 A존에 갈 것이라고 단 한 번도 생각해본 적이 없었다. 특히나 얼마 전까지만 해도 존재조차 몰랐던 동하와는 더욱 그랬다. 부모를 여의고 혼자 살아가는 정체 모를 사촌이 있을 것이라고 어떻게 상상할 수 있었을까? 지금 일어나는 모든 것은 전혀 일상적이지 않았다.

푹푹 찌는 날씨였다. 과한 습도에 숨이 막히고 온몸이 땀으로 끈적거렸지만, 겨울을 겪어본 적 없는 이들에겐 그저 당연한 일이었으므로 각자 익숙한 방식으로 이 불쾌한 더위를 참아냈다. 태어나 단 한 번도 차가운 공기와 눈꽃을 실제로 본 적이 없었다. 대지진과 함께 찾아온 영원한 여름 때문이었다. 예원과 동하가 A존으로 가기 위해 챙긴, 정확히 말하자면 아빠 창고에서 몰래 훔친 털옷은 이 풍경과 너무나도 이질적이었다.

그렇게 한참을 이동했다. 출발 전까지 예원을 덮쳤던 두려움이 우습게도, 침묵의 바다 위에선 아무 일도 일어나지 않았다. 소문으로만 듣던 부패한 인어괴물이 떠돌아다니지도 않았고, A존 괴담집 단골 소재인 폐기된 기계들 또한 들이닥치지 않았다. 오히려 끝나지 않을 것 같은 정적에 정신이 혼미해져 잠들 지경이었다. 바다와 안개 그리고 낡은 모터보트, 이것만이 세상에 존재하는 것 같았다.

그동안 예원은 삼촌의 뒷모습을 힐끔거렸다. 말을 건네기 위한 적당한 때를 살피기 위함이었는데,

더는 지체할 수 없다는 듯 예원이 용기 내어 자리에서 일어섰다. 그러자 움찔한 동하가 반사적으로 옆에 올려둔 도끼에 손을 올렸다가, 이내 다시 내려놓았다. 예원은 보폭을 크게 벌려 삼촌을 향해 다가갔다. 조종석 옆에 도착했을 때 삼촌이 의자 위에 두었던 짐을 발아래로 치워주었다.

예원이 삼촌 옆에 앉아 한참을 머뭇대더니 작은 목소리로 말했다.

"삼촌, 정말로 데려다줄 줄은 몰랐는데… 고마워."

삼촌은 한참 동안 멍하니 안개 너머를 바라볼 뿐, 아무런 대꾸도 하지 않았다. 예원은 죄인인 듯 고개를 푹 숙였다. A존에 가기 위한 모터보트를 얻기 위해 삼촌에게 윽박지르던 어젯밤 자신의 모습에 자괴감이 몰려왔다.

그런 예원을 바라보던 삼촌이 분위기를 바꾸려는 듯 장난스레 말했다.

"워낙 시끄럽게 소릴 질렀어야지."

그러고는 용서한다는 듯 바보 같은 표정을 지었다. 그에 예원 입가에 스르르 미소가 번지더니 작은 웃음을 터뜨렸다.

"박예원, 유우를 보고만 온다고 했지? A존에서."

"……"

"포획하거나 공격하려는 게 아니라."

예원은 잠시 머뭇대더니 "으응"과 비슷한 소리를 냈다. 챙겨온 양궁 활과 화살이 이 순간만큼은 보이지 않도록 몸을 움찔거렸다. 반면 삼촌은 그런 예원의 상태는 전혀 개의치 않는 듯, 바다 끝 어딘가에 시선을 던졌다. 한동안 멍한 얼굴로 말없이 안개 너머를 바라보았다. 그리고 정확히 알아들을 수 없을 정도로 작게 중얼거렸다. 삼촌의 입술이 꿈틀거렸다.

"유우, 유우는…."

그런 삼촌의 모습을 의아하게 바라보던 예원이 말했다.

"삼촌?"

"……"

"삼촌…?"

몇 번을 불러도 삼촌의 정신은 배 위로 돌아올 생각을 안 했다. 순간 공포에 휩싸인 예원이 삼촌의 어깨를 세게 흔들며 소리쳤다.

"삼촌!"

"어?"

삼촌이 깜짝 놀란 듯 예원을 바라보았다. 막 잠에서 깨어난 사람처럼 움직임을 되찾은 삼촌이 낯설게 느껴졌다.

"금방 뭐야?"

"뭐가?"

그때 삼촌이 어느 인기척을 느낀 듯, 조심스레 주변을 살폈다. 그러더니 이전과는 다른 낮은 목소리로 말했다.

"예원아, 이제 그만 자리로 돌아가야겠다."

예원이 긴장한 얼굴로 고개를 끄덕이고는 뒷자리로 이동했다. 주변은 여전히 잠잠했지만, 안개로 뒤덮인 바다가 한순간에 입을 벌려 그들을 덮칠 것만 같은 긴장감이 서렸다. 자칫하면 A존을 밟아보지도 못하고 바닷속에 가라앉을 수도 있었다. 무엇을 만나냐에 따라 충분히 가능한 일이었다. 활 그립과 화살을 쥔 예원의 손이 미세하게 떨렸다.

그때 덜컥거리는 소리와 함께 배가 멈춰 섰다. 삼촌이 몇 번이고 재시동을 걸었지만, 배는 여전히 나아갈 생각을 안 했다.

삼촌이 말했다.

"뭔가에 걸린 거 같아."

배가 또 한 번 삐거덕거렸다. 바다 아래에서 들린 소리였다. 예원이 소리의 근원을 따라가자, 흰 막대 같은 것이 모터보트 홈에 걸려 있는 게 보였다.

가만히 눈을 찌푸려 그 정체를 확인하려던 예원이 이내 상기된 얼굴로 내뱉었다.

"저거… 뼈 아냐?"

그러자 삼촌과 동하가 빠르게 다가와 살폈다.

"맞는 거 같아."

한 번 삐거덕대던 소리가 점차 반복되기 시작하더니, 결국 요란한 소음이 되었다. 바닷속에 숨어 있던 수많은 유골이 수면 위로 떠올랐던 것이다. 바다 한가운데에 선 배를 모조리 삼켜버릴 정도의 양이었다. 흰 뼈들이 서로서로 얽혀 그물망처럼 배를 감쌌다. 세 사람은 경악한 얼굴로 뼈의 바다를 바라보았다. 죽은 채로 그들의 발목을 잡고 있었다.

모터에 아무리 힘을 가해도 그물망에 사로잡힌 배는 움직일 수 없었다. 그 순간 저 멀리 무언가 돌진하는 게 보였다. 내려앉은 안개 탓에 정체를 단번에 알아차릴 순 없었지만, 불길한 예감에 몸이 반응했다. 돌진하는 검은 형체는 점점 더 빠른 속도로 다가오더니, 거대한 파도를 일으키며 커다란 주둥이를 벌렸다. 날카로운 이빨이 가득한 거대상어였다. 마음만 먹으면 그들을 단숨에 삼켜버릴 수 있을 만한 크기였다.

그러나 아이러니하게도, 괴기하게 떠오른 수많은 뼈가 배를 지켰다. 그들을 둘러싼 뼈 그물망 때문에 거대상어가 코앞까지 돌진할 수 없었던 것이다. 거대상어는 다시 뒤로 헤엄치더니 머리 박치기로 그물망을 가격했다. 반동과 함께 몇 번이고 반복하며 그물망에 균열을 내기 시작했다. 부서져 떨어지는 것은 물론이고 여러 뼈에 금이 가고 있었다. 그 뒤틀림 속에서 삼촌은 또다시 시동을 걸었다. 자칫하면 거대상어에게 잡아먹히기 딱 좋은 위치였다. 어느 때보다도 찰나의 행운이 필요한 순간이었다. 뼈는 계속해서 무너졌고 거대상어는 배에 탄 인간들을 원했다.

거대상어가 끈질기게 들이받자 뼈 그물망이 완전히 무너져 내렸다. 그 틈을 타 조종대를 잡은 삼촌은 뼈 무덤에서 재빨리 빠져나오더니 최고 속도로 달리

기 시작했다. 그러자 거대상어는 기다렸다는 듯 그들을 쫓아왔다. 동하가 거대상어를 향해 단검을 던졌지만 아무런 소용이 없었다.

있는 힘껏 달리는 모터보트와 무서운 속도로 그들을 추격하는 거대상어. 아무리 도망친다고 하더라도 언젠가는 모터 연료가 바닥날 것이고 곧장 공격당할 게 분명했다. 무슨 일이 있어도 이 상황을 멈춰야 했다.

예원이 덜컹거리는 모터보트 위에 자세를 잡고 서서는 활시위를 겨누었다. 거대상어가 큼직한 주둥이를 크게 벌렸을 때 활을 목구멍으로 꽂아 넣을 계획이었다. 활시위를 당긴 손이 부들부들 떨렸다. 배가 흔들리기도 했지만, 무엇보다 정면으로 보이는 위협적인 생물체의 빠른 움직임에 완전히 사로잡혔다. 양궁선수 시절에 가만히 서 있는 과녁만 맞혀봤을 뿐, 살아 있는 대상을 향해 활시위를 겨누는 것이 태어나 처음이기도 했다.

그럼에도 예원은 해내기로 했다. 어떤 마음으로 이 배에 올라탔는지를 기억하면서. 이 출항은 어떤 순간에도 쓸모를 증명해내지 못했던 예원의 새로운 출발이었으니까. 예원은 한쪽 눈을 감은 채 달려드는 거대상어를 겨냥했다. 과거에 매일같이 하던 양궁 연습이라 생각하기로 했다. 잘만 맞춘다면 자신의 힘으로 이 위기에서 벗어날 수 있을지도 몰랐다.

거대상어는 무서운 속도로 돌진하고 있었다. 너무나 재빠른 거대상어의 움직임에 적절한 타이밍을 찾지 못하고 있을 때, 온몸이 뜨겁게 달아올라 터질 것 같은 통증이 시작됐다. 예원이 자주 겪는 익숙한 증상이었다. 신체 온도가 갑작스레 고속상승하며 몸을 감당하기 어려울 정도의 압력이 한순간에 들어찼고, 얼마 지나지 않아 예원의 온몸이 검붉어졌다. 평생 예원을 괴롭히던 그 고통은 양궁을 포기해야만 했던 이유기도 했는데, 그 한계치의 종착점은 의식을 잃는 것이었다.

'제발…!'

여기까지 와서 A존에 도착하기도 전에 기절하는 건 있을 수 없는 일이었다. 시야가 점점 흐릿해져갔지만, 예원은 이를 악물고 겨우 활시위를 놓았다. 활은 포물선을 그리며 날아가더니 엉뚱한 바닷속으로 풍덩 하며 빨려 들어갔다.

허망한 것도 잠시, 그들은 거대상어의 돌진으로부터 벗어날 수 있었다. 무너진 그물망에서 흘러나온 수많은 잔재가 거대상어와 배를 갈라놓았던 것이다. 거대상어는 복잡하게 엉킨 뼈의 그물을 통과할 수 없었다. 삼촌은 거대상어가 시야에서 사라지도록 여전히 최고 속도로 질주했다. 예원과 동하는 거친 숨을 몰아쉬며, 뼈에 묶여버린 거대상어를 바라보았다.

그렇게나 많은 욕망의 뼛조각들을 실제로 본 건 처음이었다. 그 뼈들은 A존에 가려 했던 사람들의 것일 테다. 어쩌면 유우 포획사업을 하는 아빠가 고용한 동료들의 뼈도 섞여 있을 것이다. 자신의 뼈도 저 중 하나가 될 수 있었다고 생각하자 예원은 털이 곤두섰다.

모터보트는 물살을 가르며 나아갔다. 또 한 번 고요한 시간이 이어질 때 예원은 혈압약을 챙겨 먹었다. 작고 동그란 혈압약을 꿀꺽 삼키며, 유우를 향한 결정적인 공격의 순간에 발화 현상이 찾아오지 않기를 간절히 바랐다.

거대상어의 습격으로부터 한 시간 정도 더 이동

했을 즈음이었다. 시야를 가리던 안개가 걷히고 깨끗한 하늘이 보였다. 그 아래 거대한 설산으로 이루어진 새하얀 섬이 놓여 있었다. 한 꼭짓점으로 뾰족하게 솟아올랐다고 하여 A존이라 이름 붙여진, 말로만 듣던 그곳 말이다. 예원과 동하는 입 벌린 채 멍하니 A존을 바라보았다.

A존에 가까워질수록 온도는 급격히 하강했다. 예원과 동하는 챙겨온 털옷을, 삼촌은 모터보트 구석에 박아둔 가죽 외투를 걸쳤는데 그럼에도 들어차는 한기에 몸을 움츠릴 수밖에 없었다. 네 시간 남짓한 시간을 떠내려왔을 뿐인데 정반대의 극단적인 날씨가 기다리고 있었다는 게 믿기지 않았다.

삼촌이 배를 정박시킨 뒤, 예원은 가장 먼저 A존을 밟았다. 그러자 단단하게 얼어버린 땅과 새로 내린 눈이 섞여 뽀드득거리는 소리를 냈다. 예원은 내려앉은 눈을 한 줌 쥐더니 천천히 쓸어 만지며 생각했다.

'이게 눈이구나.'

뭉치면 커다랗고 단단해지지만 손 위에 올려놓으면 단숨에 사라지고 마는, 그림으로만 보던 하얀 결정.

그 뒤로 동하가 내리자, 예원은 배에 남은 삼촌에게 물었다.

"삼촌은 어떻게 할 거야?"

"여기서 기다릴게. 해가 지기 전에 내려와."

"그러지 못할 수도 있어. 사실 며칠이 걸릴지도 모르고…."

"며칠씩이나?"

"어떻게 될지 모르니까."

그러자 삼촌이 난감한 한숨을 쉬더니 예원을 바라보았다. 예원은 그런 삼촌의 눈빛을 마주치지 않으려 애쓰며 작게 내뱉었다.

"어떻게 여기까지 왔는데. 꼭 보고 와야겠어."

"……."

"삼촌, 그냥 같이 가면 안 될까? 여기가 더 위험할 수도 있잖아. 아까처럼 뭐가 튀어나올 수도 있고."

"난 갈 수 없어. 그리고 걱정해야 할 건 너희야."

"그래도…."

삼촌이 잠시 생각하더니 말했다.

"그럼 이렇게 하자. 해 질 때까지 너희가 내려오지 않으면 먼저 돌아갈게. 그리고 사흘 뒤에 더 큰 배를 빌려서 다시 오는 거야."

"그 상어는 어떡하려고?"

"아까 빠져나오면서 암초로 된 동굴을 봤는데, 그 뒤로 돌아가면 될 거 같아."

예원이 영 내키지 않는다는 표정을 지었지만, 삼촌은 개의치 않다는 듯 말했다.

"예원아, 사흘 뒤에 여기로 와."

"알겠어."

"꼭."

예원은 걱정스러운 얼굴로 고개를 끄덕였다. 동하와 함께 A존 내부를 향해 걸어가면서도 고개 돌려 삼촌을 바라보았다. 허수아비 같은 삼촌이 이곳에 홀로 남아 술을 들이켜고 있을 걸 생각하면 가슴 언저리가 저릿했지만, 완고한 삼촌을 억지로 데려갈 수는 없는 노릇이었다.

점점 멀어지는 삼촌을 향해 예원이 새끼손가락을 높이 들어 올렸다. 그러자 삼촌도 공중으로 똑같이 손짓했다. 그건 둘만의 오래된 비밀인사였다.

## 2

**돌연변이**

유우의 육체는 손톱 하나라도 버리지 말 것.

유우는 신체 경화로 몸을 딱딱하게 만들어 스스로를 보호한다.

그럼에도 목덜미는 경화 작용이 일어나지 않는데, 그곳에 자리한 특수 혈관조직인 원더네트[*]가 급소이자 가장 값비싼 장기다.

― 화재로 손상된 《유우도감》 중 일부

[*] 원더네트 시가는 각별히 확인 요망

언제나 그랬듯 안개로 뒤덮인 습한 날씨였다. 관 위로 모래흙이 흩뿌려졌다. 짙은 흙은 하나둘 그 위로 쌓여가더니 이내 관 뚜껑을 모두 뒤덮어버렸다. 엄마의 마지막을 지켜보러 온 사람들은 검은 옷을 입고서 침묵을 지켰다. 옆 사람의 팔짱을 껴안고 애써 눈물을 삼키는 사람도 보였는데, 예원의 눈에 그 눈물이 엄마의 죽음 때문이라기보다는 엄숙한 분위기에 압도당해 흘러내리는 그런 눈물에 가까워 보였다. 사람들은 안타까운 표정을 짓고, 눈물을 훔치면서도, 이마에 난 땀을 톡톡 닦아내곤 했다.

그 사이로 예원이 서 있었다. 장례식과는 무관한 사람처럼 무표정을 하고선 검은색 원피스 소매 끝자락에 튀어나온 실을 만지작댔다. 엄지와 검지 사이로 검은색 실을 비비면서, 분명 옷을 망치는 꼴이 되겠지만 그럼에도 확 당겨버리고 싶다는 충동을 참아내고 있었다.

엄마의 관이 더는 보이지 않았다. 비로소 땅속에 완전히 잠든 것이다. 예원은 인중 위로 송송 피어난 땀방울을 닦아내며 아빠의 뒷모습을 바라보았다. 우락부락하지도 체격이 크지도 않지만, 절대 호락호

락하지 않은 아빠는 무너지지 않는 성벽 같았다.

예원 근처의 조문객들이 소곤거리는 것이 들렸다.

"결국 이렇게 가네."

"그러게. 아프단 얘긴 종종 들었는데 역시나 고혈압 때문이라지?"

"그 여자 살아 있을 때 어땠는지 못 봐서 그래. 그건 고혈압 때문에 아픈 사람의 몰골이 아니었어. 가끔 그 집 앞을 지나칠 때마다 괜히 소름이 끼치더라. 산 것도 죽은 것도 아닌… 유령 같아서."

"갑자기 으스스해지네."

"언제 사라져도 이상하지 않을 여자였어."

목뒤에서부터 뜨거운 열기가 퍼져 나오기 시작해 예원은 고개를 푹 숙였다. 아니라고, 말도 안 되는 소리 지껄이지 말라며 화내고 싶었지만 그럴 수 없었다. 아빠가 떡하니 있는데 예원이 섣불리 목소리를 키운다는 건 있을 수 없는 일이었고 무엇보다도… 예원이 지금껏 지켜본 엄마의 모습이 조문객들이 말한 것과 크게 다르지 않았기 때문이었다.

엄마에 대해 떠들던 조문객들이 다시 입을 열었다.

"그런데 왜 시신이 없는 거야?"

"쉿!"

조문객 중 한 명이 적을 감지한 토끼처럼 주변을 탐색하더니 목소리를 낮췄다.

"말조심해."

"놀라라. 다들 말은 안 해도 제일 궁금한 건 그걸 텐데."

"그래도 조심하라 이거야. 다 그러려니 하고 있는 거니까. 사장님, 아무리 까칠했어도 조금은… 불쌍하잖아."

예원은 다시 아빠의 뒷모습을 바라보았다. 아빠는 빈 관 앞에 서서 그 안에 엄마가 누워 있을 거라 상상하는 걸까? 그 상상 속에서 엄마를 떠나보내고 있는 걸까? 눈으로 확인할 수 있는 현실 외엔 무엇도 인정하지 않던 사람이 말이다. 언제나 증오와 불신으로 가득 차 있는 아빠의 몸속엔 슬픔이 자리할 공간이 전혀 없어 보였시만, 지금 이 순간만큼은 작은 변화가 스며들고 있을지 궁금했다.

어쩌면 정말로 슬퍼하고 있을지도 몰랐다. 그 누구의 말도 듣지 않는 아빠의 유일한 약점은 엄마였으니까. 엄마가 바다는 붉은색이라 주장했다면, 아빠는 엄마를 비웃는 모든 사람의 입을 막고 바다가 붉은색이라 믿기 위해 온 힘을 다했을 것이다. 엄마의 말을 증명하기 위해 죄 없는 사람들의 피를 바다에 뿌렸을지도 모른다. 지금도 관 안에 갇혀버린 공기가 엄마의 자릴 대신 하고 있을 거라 받아들이기 위해 안간힘을 쓰고 있을지도 몰랐다. 어딘가에 몰래 살아 있을지도 모르는 엄마가 그렇게 믿길 바라기라도 한 것처럼.

"인간을 창조하시고 주관하시는 하나님 아버지…"

목사가 추도사를 읽기 시작했다. 그러자 아빠는 그에 응하기라도 하듯 고개를 살짝 숙였다. 예원은 시신 없는 장례식에서 묵념하는 사람들을 바라보았다. 그중 아빠 근처에 서 있는 건장한 체구의 동하가 눈에 띄었다. 평소에는 아무렇게나 기르는 머리카락을 어색하게 쓸어 넘긴 모습이 왠지 모르게 우스웠다. 구릿빛의 듬직한 몸집이 각진 양복에 억지로 구겨 넣어진 듯했는데, 그 모습이 어쩐지 아빠의 보디가드처럼 보였다.

아빠의 고동저택에 동하가 찾아온 첫날을, 예원은 아직도 기억했다. 동하가 고동저택의 현관문을 열고 들어오는 그 순간 말이다. 동하는 연락 끊고 지내던 큰아버지의 아들이라고 했다. 큰아버지가 돌아가신 뒤, 홀로 채소 가게에서 허드렛일을 하며 지내던 조카를 아빠가 데려온 것이었다.

예원이 지금껏 들어가지 못했던 아빠의 비밀 서재에 동하는 단숨에 초대를 받았고, 예원에게 말해 주지 않는 유우 포획사업에 관해 동하에게는 많은 것들을 공유했다. 동하는 아빠가 하라는 거라면 뭐든 묵묵히 해냈고, 아빠는 그런 동하를 꽤 마음에 들어 했다. 정체조차 잘 모르고 지내던 조카에게 아들과 후계자의 역할을 동시에 주고 있는 것이었다.

유우 포획을 위해 A존으로 출항 나갈 때마다, 그토록 자신을 끼워주길 원했지만 단 한 번도 받아주지 않는 아빠였다. 예원과 달리 동하는 곧 아빠를 따라 A존으로 출항 나갈 수 있을 것이다. 동하는 예원에겐 없는 강한 힘과, 큰 키, 근육질의 민첩한 몸, 그리고 모든 것을 무던히 받아들이고 수긍하는 인내와 포용력이 있었으니까. 그 점을 스스로 인정할 수밖에 없으면서도 끝까지 자신의 그 무엇도 인정해주지 않는 아빠에게 예원은 깊은 분노를 느꼈다.

안개 아래에 선 예원은 땀으로 젖은 이마를 닦았다. 목사의 차분한 목소리도 안개에 잠식당한 채 점점 먹먹해져갔다. 그렇게 주변 소리가 사라져갈 때쯤, 예원의 온 신경을 자극하는 기운이 들이닥쳤다.

엄마가 어디선가 이 광경을 지켜보고 있을 것만 같은 기운.

예원은 무심코 주변을 둘러보았다. 흰옷을 입고 유령처럼 떠다닐 희미한 엄마를 찾아보았지만, 주변은 온통 검은색 천지였다.

이 공간에 더는 있고 싶지 않았다. 묵념하는 척하는 아빠에게서, 그 옆에 선 동하에게서, 속으로 비웃고 있을 조문객들에게서 벗어나고 싶었다. 예원은 추도사가 진행되는 도중 몰래 그곳을 빠져나왔다.

안개 낀 언덕을 내려갔다. 어디로 향하는 줄도 모르고 성큼성큼 걸음을 내딛던 그때, 저 멀리 익숙한 실루엣이 보였다. 빼빼 마른 중년의, 낡은 허수아비를 연상케 하는 아주 큰 키의 남자. 엄마의 동생. 외삼촌이었다. 삼촌은 구석진 자리에 앉아 작은 병에 옮겨 담은 술을 홀짝이고 있었다. 그제야 예원 얼굴에 안도의 미소가 피어올랐다. 험난한 여정 중 쉼터를 발견했을 때와 비슷한 기분이었다.

"삼촌!"

예원은 삼촌에게 달려갔다. 삼촌 옆에 무릎 접고 앉을 때 그 움직임으로 짧은 바람이 일었고, 삼촌이 풍기는 외로운 냄새가 예원의 콧속으로 거세게 파고들었다. 그 냄새를 맡을 때마다 예원은 저도 모르게 흠칫 놀라곤 했다. 언제나 그랬듯, 그에 최대한 반응하지 않기 위해 삼촌 몰래 눈을 질끈 감았다가 떴다.

주먹을 쥔 채 새끼손가락을 내밀자, 삼촌은 똑같은 손 모양을 만들어 둘만의 인사를 하고는 씩 웃었다.

엄마가 살아 있을 때, 그러니까 그게 죽음이든 도주이든 증발하기 이전, 집안에 행사가 있을 때마다 삼촌은 고동저택을 찾아왔다. 그때마다 예원은 반가움에 미소가 절로 지어졌다. 그 반가움이 손에 들린 선물 때문인지 삼촌 때문인지는 잘 몰랐지만, 반갑다는 마음 자체는 확실했다. 그러면서도 삼촌을 마주할 때마다 아빠 입가에 경련이 일어난다는 걸 목격해야만 했다.

삼촌이 사 오는 것들은 이상했다. 학습에 명확한 도움이 되지도, 유의미한 결과를 만드는 장난감도 아니었다. 주로 무의미한 반복행위를 유도하는 것들이었는데, 아무짝에도 쓸모가 없었지만, 예원은 그 공백 안에서 큰 즐거움을 맛보았다. 그건 삼촌만이 예원에게 가져다줄 수 있는 선물이었다.

그러나 아빠는 삼촌이 떠난 뒤 그 선물을 빼앗아 쓰레기통에 쑤셔 넣으며 말했다.

—이딴 거에 오염되지 마라.

예원이 반가운 삼촌에게 달려갈 때마다 아빠의 눈치를 보게 된 건, 삼촌을 쳐다보는 아빠의 혐오 어린 시선을 목격했을 때부터였다. 마치⋯ 더러운 오물을 쳐다보는 듯한 그런 눈빛이었다. 삼촌을 마주할 때마다 아빠 입꼬리에 일어나는 경련은, 엄마를 위해 많은 것들을 참아내고 있던 게 분명했다.

"추도사 읽을 때 삼촌 있었어?"

"응, 처음부터 있었지."

"안 보였는데."

"사람들이 많아서 잘 안 보였을 거야."

종종 삼촌을 볼 때마다 언젠가 정말 허수아비가 될지도 모르겠다는 생각을 했다. 눈에 띌 정도로 큰 키와 골격에 낡아빠진 옷가지를 입고서, 있는 듯 없는 듯 과묵히 앉아 있는 모양새 때문이었다. 몸이 나뭇가지로 이루어진 허수아비가 된다면, 그렇게 나무가 된다면 그 누구도 삼촌을 알아차리지 못할 것 같았다.

왠지 안쓰러운 마음에 예원이 물었다.

"아픈 데는 없지?"

"당연하지. 나보다도 예원이 네가 더 걱정이야. 혈압약은 잘 챙겨 먹고 있어?"

예원이 어깨를 으쓱해 보였다.

"그냥. 먹든 안 먹든 나도 엄마처럼 될 거야. 아무래도 유전이니까."

"그땐 관을 비우진 마. 너희 엄마처럼."

예원은 피식 웃음을 터뜨렸다가, 혹시라도 아빠에게 들릴까 싶어 이내 소릴 죽였다.

"삼촌, 요즘은 어때? 생선은 잘 잡혀?"

"잡히기는 하는데 죄다 독살당한 것처럼 숙어 있더라."

"아직도 그러나 보네. A존 때문일까?"

"그건 아닌 거 같아. A존 때문이었으면 이전에도 계속 문제였어야 하니까. 요즘 하도 시끄러워서 생선이 잘 팔리지도 않고. 조만간 다른 일을 찾아봐야 할지도 모르겠어."

"다른 일? 무슨 일?"

"그러게. 작은 술집이라도 차릴까?"

"아무도 안 갈걸. 삼촌 괴팍해서."

"그렇긴 하지."

삼촌이 낄낄대며 웃었다.

아빠는 삼촌을 겁쟁이라고 했다. 생선을 잡는다는 건 아빠가 하는 일과 비슷한 포획 행위라고 볼 수 있겠지만, 아빠는 그렇게 받아들이지 않는 것 같았다. 대지진이 들이닥친 후 많은 사람은 각자의 생존 방법을 찾기 시작했고, 예원의 고조할아버지는 유우를 사냥해 신체를 부위별로 납품하는 거성상사를 만들었다. 지역마다 여러 유우 포획업체가 있었지만, 3대에 걸쳐 높은 성공률과 질을 한결같이 유지했던 건 거성상사뿐이었다. 다른 무엇보다도 고효율을 가장 중시하는 태도와 무자비함, 그리고 정확한 전략 때문이었다. 그런 점에서 아빠는 그의 '아버지들'에게 깊은 존경심을 품었다.

그에 반해 삼촌은 아빠의 기준에서 한참을 벗어난

사람이었다. 어업의 미래가 어두운 걸 알고 있으면서도 삼촌은 그걸 직면하지 않는다고 말하곤 했다.

—게으른 놈. 언제까지 바다를 떠다니면서 시간 낭비를 할런지.

거실에 앉아 중얼거리던 아빠의 목소리가 예원의 머릿속에 떠올랐다. 그런 아빠의 목소리를 밀어내려는 듯 예원이 말했다.

"할 수만 있다면 난 삼촌이 계속 어부였으면 좋겠어."

"왜?"

"내 삼촌 어부라고 말할 때 기분이 좋거든. 배를 얻어 탈 수도 있고. 그리고…."

예원이 잠시 머뭇거렸다.

"엄마도 그렇게 생각했을 거야."

"……."

"삼촌도 엄마가 정말 죽었다고 생각해?"

"아니."

"그럼?"

"잠깐 여행을 간 거야."

"그렇지?"

"응. 조금 길지도 모르는."

★

장례식 도중 몰래 빠져나온 예원은 자전거를 타고 함진 변두리에 위치한 집으로 향했다. 함진은 대지진으로부터 비교적 영향을 덜 받은 지역 중 하나였는데, 그럼에도 여전히 정리되지 못하고 버려진 저가치의 땅들이 많았다. 예원은 반쯤 폐허인 구역을 지나, 듬성듬성 나 있는 낡은 주택들을 지나, 고동빛을 띠는 꽤 넓은 저택 앞에 도착했다. 거성상사의 고동저택은 많은 사람의 손과 세월을 탄 낡은 흔적으로 가득했지만, 대혼란 속에서 끝내 스스로를 지켜낸 걸 증명하기라도 하듯 여전히 매우 견고하고 단단해 보였다.

자전거를 입구에 기대어 세운 뒤, 잔디마당을 가로질렀다. 현관문으로부터 다섯 걸음 떨어진 곳에서 건물 2층을 올려다보면 창문으로 가끔 마주치던 엄마를 떠올렸다. 워낙 방 안에만 틀어박혀 있어 밥 먹을 때를 제외하고는 엄마를 잘 볼 순 없었지만, 2층을 나누어 쓰던 예원은 엄마와 한 공간에 함께 살아 있음을 느꼈다. 이를테면 움직이는 발걸음 소리, 방문을 닫는 소리, 샤워하는 소리로. 그러나 이젠 저 현관문을 열고 2층으로 올라간다 한들, 그 어떤 유령도 자리하지 못한 공허만이 빈자리를 채우고 있을 것이다.

현관문을 열고 들어가자, 예상 밖의 분주한 움직임이 예원을 자극했다. 가정부 진영이었다. 오늘 휴일인 줄 알았던 진영이 빈 집 안을 뒤집으며 대청소를 하고 있었다.

진영이 부엌 쪽에서 빼꼼 고개를 내밀고 말했다.

"예원이야?"

"응."

진영이 이 집에서 일하기 시작한 건 엄마의 결혼 이후였다. 엄마와 비슷한 시기에 저택에 들어온 진영은 가정부이면서 동시에 예원의 보모였는데, 무엇보다도 예원이 가깝게 지낼 수 있는 어른이기도 했다.

예원이 신발을 벗고 거실로 들어가려 할 때, 진영이 다급히 말했다.

"잠깐만! 몸 털고 들어와."

그러더니 현관문 쪽으로 빠르게 다가와 예원의

옷 위 여기저기를 손으로 쓸어내리기 시작했다. 진영의 손길이 끝나길 가만히 기다리며, 못 말린다는 듯 예원이 말했다.

"누가 보면 흙에서 구르다 온 줄 알겠어."

"뭐가 됐든 장례식을 갔다 왔으면 이렇게 해야 되는 거야."

그에 예원은 진영을 빤히 바라보았다. 진영은 엄마의 죽은 영혼이 묻어오기라도 한 것처럼 확신에 찬 표정이었다. 아무도 없는 무덤에서 말이다.

"이모, 오늘 쉬는 줄 알았는데."

"쉬는 날 맞아. 근데 사장님이 따로 부탁하셨어. 두 배로 쳐줄 테니까 오늘은 대청소 좀 해달라고."

"아빠가?"

"응. 당분간 깨끗한 모습을 유지해달라고 하시네. 집안일에는 일절 말 안 하시던 분이."

진영은 약간의 불만 섞인 목소리로 투덜대며, 거실에 놓인 멀쩡한 물건을 괜히 털어댔다. 언제 오든 깨끗한 모습을 유지해달라니. 아빠의 모순된 마음을 이해할 수가 없었다. 굳이 시체 없는 장례식을 치르면서도 엄마가 돌아오길 기다리는 걸까? 그게 아니라면, 엄마가 정말로 떠났으므로 모든 걸 새롭게 시작하고 싶은 마음인 걸까?

예원은 2층으로 올라갔다. 계단을 올라가면 바로 보이는 자신의 방으로부터 정반대에 놓인 엄마 방을 슬쩍 흘겨보았다. 복도 맨 끝에 자리한, 굳게 닫힌 엄마의 방문.

'저렇게 문을 꽉 닫아두면 퀴퀴한 냄새가 날 텐데.'

예원은 엄마 방문을 살짝 열어둘지 고민했다. 어렸을 때 진영이 들려주었던 무서운 이야기가 떠올랐기 때문이다.

— 사람이 죽었을 때 영혼이 떠날 길을 열어주지 않으면, 떠나지 못한 영혼이 썩은 채로 그곳을 떠다녀야 한대. 저주인 거지.

그때 부엌 쪽에 있던 진영이 소리쳤다.

"예원아! 저녁 먹어."

잠시 머뭇거리던 예원은 고민했다. 엄마의 영혼이 썩는 것도, 엄마가 저주를 받는 것도 원하지 않았으니까. 하지만 이내 관두기로 했다. 엄마는 죽지 않았다. 그러니 퀴퀴한 냄새만 조금 참으면 될 일이었다.

부엌으로 내려가보니, 오래된 나무 식탁 위엔 붉

은 팥죽이 놓여 있었다. 새알 없이 팥만 들어 있는 깔끔한 죽이었다.

예원이 식탁 자리에 앉으며 말했다.

"웬 팥죽이야? 대청소한다고 바빴을 텐데."

"붉은색이 액운을 물리쳐주거든."

진영은 아빠가 이곳에 있는 것도 아닌데, 주변을 살피더니 속삭였다.

"잡귀를 쫓으라고."

진영은 미신을 좋아했다. 1년에 한 번씩 행운의 색으로 천 딱지를 만들어 예원에게 주곤 했다. 행운의 색은 사람 사주마다 다르다고 진영은 말했다. 진영의 판단에 따르면 예원에게 행운의 색은 붉은 계열이어서, 예원이 푸른색 물건을 사 올 때마다 진영은 저도 모르게 눈썹을 찌푸리곤 했다.

"잘 먹을게."

예원은 팥죽을 한 숟가락 뜨고는 호호 불었다. 그러고는 크게 한 입 넣어 우물우물 대며 먹기 시작했다. 퇴근 준비로 분주한 진영의 인기척이 들렸다. 집에 아빠가 있었다면 식사가 끝날 때까지 기다렸다가 뒷정리를 한 뒤 귀가했겠지만, 예원과 단둘이 있는 건 진영에게도 편한 일이었다.

최근 매출 감소로 해고됐지만 얼마 전까지만 해도 중고잡화점에서 일하던 예원은, 쉬는 날 급히 나와 일해야 한다는 게 어떤 일인지 충분히 알고 있었다. 그럼에도 그 다급한 움직임들이 예원의 마음을 조여 왔다. 혼자 있고 싶어 도망치듯 집으로 달려왔지만, 막상 진영이 떠나고 난 뒤를 생각하자 마음이 불안했다.

'어쩌자고 집으로 와버렸을까, 이 집의 고요를 어떻게 감당하려고?'

예원은 진영이 계속해서 현실의 소음을 내주기를 바랐다.

"이모, 가는 거야?"

"가야지."

"오늘 장례식엔 왜 안 왔어?"

"사장님이 가는 걸 원치 않으셨어. 남은 반찬은 담아서 냉장고에 넣어놔. 설거지는 내일 아침에 와서 할게."

진영은 가방도 다 잠그지 않은 채로 현관문을 향했다. 그에 예원이 부리나케 따라가 신발을 신는 진영에게 물었다.

"팥죽 맛있더라. 이모도 먹고 갈래?"

"난 괜찮아. 아까 다 먹어봤어."

"많이 남을 거 같은데."

"남겨놔. 죽은 식어도 맛있으니까."

"…먹고 가면 안 돼?"

"알잖아. 사장님 싫어하시는 거."

"아빠한테 말 안 할게."

진영이 움직임을 멈추고 가만히 예원을 바라보았다. 예원은 그 시선에 어쩔 줄을 몰라 고개를 휙 돌렸지만, 이내 아무 반응이 없는 진영을 슬쩍 쳐다보았다. 곤란함과 안타까움, 그리고 깊은 곳에서 희미하게 느껴지는 짜증스러움이 섞여 있는 얼굴이었다.

그럼에도 예원은 마지막까지 한 번 더 조르고 싶었다.

"무서워서 그래."

"예원아, 사모님 별일 없을 거야. 예전에도 갑자기 사라지곤 하셨잖아."

"그땐 아빠가 장례식 같은 건 안 했어."

"그래, 그렇긴 한데…."

"……."

"어쨌든 좋은 쪽으로 상상해봐."

"난 괜찮아. 관짝에 엄마 시체도 없는데, 뭘."

그 말에 진영의 눈이 커졌다. 마치 묵혀두어야 할 비밀을 끄집어내기라도 한 듯, 불안한 표정으로 예원을 나무랐다.

"그런 얘긴 꺼내지 마. 특히 사장님 앞에서."

진영은 빠른 몸짓으로 고동저택을 빠져나갔다. 큰 집에 혼자 남은 예원은 어두침침한 부엌에 홀로 앉아 잡귀를 물리치는 팥죽을 배 속으로 집어넣었다. 팥죽을 먹으면서 문득 이것이 유우로 만든 죽이라는 생각을 했다. 예원의 배를 채우는 음식과 몸을 녹이는 따스한 이불은, 모두 유우의 육체로 이루어진 것들이었다. 아빠가 포획한 유우 신체들은 모두 돈이 되어 돌아왔으니까. 이 팥죽도 마찬가지였다. 유우의 육체는 행복도와는 별개로 예원이 부속함 없이 성장할 수 있었던 원천 그 자체였다.

유우 육체는 버릴 게 하나도 없다고들 했다. 심지어 눈가에 흘러내리는 액체마저도 부르는 게 값이었다. 그중 손가락은 면역력과 기운을 되살리는 데에

제격이었는데, 살이 별로 없고 개수가 정해져 있었기 때문에 그 부위의 특수성은 배가 되었다.

드물지만 유우 신체 부위로 만든 요리를 먹었던 적도 있다. 유우 요리를 식탁에 올린다는 건 아빠에게도 꽤 마음을 먹어야 하는 일이었지만, 엄마를 위해 몸에 좋다는 건 모조리 가져다 바쳤으므로 유우 요리는 그중 하나였을 뿐이었다.

그러나 엄마는 아빠가 가져오는 기괴한 음식들에 한 번을 손대지 않았다. 식탁에 놓인 유우 손가락을 마주한 엄마의 일그러진 표정을 예원은 평생 잊지 못할 것이다. 그렇다 한들 아빠는 "어떻게 가져온 건데 먹는 시늉이라도 좀 해봐."라거나, "이게 얼마나 비싼 건지나 알아?" 하고 따져 묻지 않았다. 그저 침착하게 기다릴 뿐이었다. 엄마가 먹지 않으면 다음 날 다른 재료를 가져왔다.

진영의 손길을 탄 유우 손가락은 부위 명칭과는 다르게 여느 음식처럼 맛있는 모습으로 둔갑하곤 했다. 징그럽다거나 보는 것만으로 비위가 상할 가능성은 없었지만, 그럼에도 엄마는 강한 혐오감이 서린 눈빛으로 유우 손가락을 노려보았다. 마치 그 손가락이 아빠이기라도 한 듯이.

팥죽을 먹던 예원은 식탁 맞은편을 바라보았다. 저녁 시간에만 볼 수 있었던 엄마의 빈자리. 진영 말대로 빈 관에 잡귀라도 붙어 있다면 엄마의 영혼이 지금쯤 저 의자에 앉아 있을지도 몰랐다.

'아까 이모가 제대로 털었나?'

그런 생각을 하자 팔뚝에 닭살이 돋아났다. 얼른 이 식탁을 벗어나고 싶던 예원은 남은 팥죽을 허겁지겁 들이켰다.

팥죽을 다 먹은 예원은 거실 소파에 풍덩 파고들었다. 오래된 소파이지만 막상 앉아본 적은 그다지 없는 그림 같은 가구였다. 예원은 아빠의 부재를 만끽하며 최대한 게을러 보이는 자세를 잡았다. 익숙지 않아 허리통증이 느껴지기도 했지만 개의치 않았다. 아빠가 없을 때만 할 수 있는 난잡함을 위한 것이었으니까.

아빠는 A존으로 출항하던 용역직원들과 술을 먹고 있을 것이다. 그리고 그 자리엔 동하도 함께일 테다. 우락부락한 남자들이 모여 건배를 하고 거칠게 술을 들이켤 것이다. 그 와중에 아빠가 슬픈 모습을 보일 일은 절대 없을 것이다. 우스운 이야길 하는 직원의 말에도 누구보다 과묵한 모습으로 미소 한 번 짓지 않을 것이다.

아무도 없는 거실 한복판에서 예원은 게으른 자세를 취하는 것보다 더한 짓을 하고 싶다는 충동을 느꼈다. 의지와는 별개로, 눈이 자꾸만 금기시된 곳으로 향했다. 1층 가장 안쪽에 있는 아빠 서재. 그곳은 불에 타다 남은 우유 도감과 A존에 관한 각종 자료가 모여 있는 비밀의 장소였다.

지금 와서 돌이켜보면 어떻게 그런 용기를 낼 수 있었나 싶지만, 어렸을 적 몇 번이나 아빠 서재에 몰래 들어갔던 적이 있었다. 유우에 관해 예원이 가진 정보는 그런 비밀스러운 행위로 모은 게 다였다. 예원이 양궁선수로 활약을 했거나, 두뇌 회전이 빨라 공부를 잘했거나, 강하고 민첩한 몸을 가지고 있었다면 모든 건 달라졌으리라. 도둑처럼 기어 들어가지 않고도 아빠의 권유로 서재에 들어갈 수 있었을 테고, 그러면 아빠는 《유우도감》을 펼쳐 한 장씩 설명해주었겠지. 예원이 아빠에게 초대받길 그토록 원했지만 거절당한 반면, 동하는 단숨에 모든 울타리를 뛰어넘은 걸 보면 말이다.

  점점 몽롱해지던 것도 잠시, 정신을 차려보니 예원의 두 발은 금지된 서재로 향하고 있었다. 그러면서도 뒤돌아 현관문을 확인하며 복도를 걸었다. 술을 진탕 마시려던 아빠가 귀가하겠다고 계획을 갑작스레 수정하는, 혹시 모를 일말의 가능성 때문이었다.

  비밀 서재 앞에 선 예원은 동그란 손잡이를 조심스레 잡았다. 꼴깍 침을 삼켰다. 손잡이를 천천히 오른쪽으로 돌렸고, 덜컥하더니 스르르 문이 열렸다. 예원의 발이 문지방 앞에서 잠시 망설였다. 예원은 현관문을 한 번 더 확인하더니 끝내 그 안으로 들어갔다.

  서재 안으로 들어온 예원은 긴 숨으로 그곳의 공기를 들이마셨다.

  '책장이 원래 창문 앞에 있었던가?'

  꽤 오랜만에 찾아온 서재는 이전보다 더 낯설게 느껴졌다. 서재 깊은 곳으로 들어가자 벽면을 꽉 채운 책꽂이와 넓은 책상이 놓여 있었다. 예원은 책상 쪽으로 걸어가 그 위에 놓인 물건들을 바라보았다. 여러 물건이 규칙과 쓸모에 따라 간결하게 정리되어 있었다.

  책상 아래 거대한 의자를 빼내 앉았다. 예원의 몸이 커다랗고 푹신한 의자에 빨려 들어갈 듯한 모양새였다. 예원은 개의치 않은 듯 최대한 자연스럽게 책상 위에 두 발을 올렸다. 아빠가 있으면 절대 할 수 없는, 소리 없는 반항이었다.

  가만히 앉아 있던 예원은 책상 서랍을 하나하나 열어보기 시작했다. 서랍도 마찬가지로 여러 물건이 가지런히 정리되어 있었는데, 예원은 그 물건들의 위치를 아주 조금 움직이며 미세한 균열을 냈다. 책상 위 물건들은 알아채기 쉽지만, 서랍은 잘 모를 수도 있겠다는 판단에 의한 비굴한 복수였다. 그러고는 언제 그랬냐는 듯 천천히 서랍을 닫았다.

  마지막은 제일 아래 칸 차례였다. 그곳은 번호 자물쇠로 잠겨 있었지만, 예원은 전혀 당황하지 않았다. 어렸을 때부터 알고 있던 뻔한 비밀번호였으니까. 1213. 엄마의 생일이었다.

  잠겨 있던 서랍은 물 흐르듯 막힘없이 열렸고, 그 안엔 낡은 책자 하나가 놓여 있었다. 얇은 실로 종이를 엮은 그 책자엔 불탄 흔적들이 가득했다. 표지엔 오래된 글씨로 아래와 같이 적혀 있었다.

'유우도감.'

조심스럽게 《유우도감》을 꺼내 들고 한 장씩 넘겼다. 예원은 이 도감을 거의 다 외웠지만 볼 때마다 처음인 것처럼 낱낱이 살폈다. 문장과 그림 대부분이 손상되어 정확한 정보를 확인할 수 없었기에, 사라진 조각들은 늘 상상으로 채워 넣곤 했다.

도감 안에 꽂혀 있는 불탄 사진 속에 유우가 보였다. 누군가는 또 다른 인류라 부르고, 누군가는 돌연변이 짐승이라 부르는 존재. 사람 형상을 띠고 있지만, 사람보다 두세 배 큰 유우는 흡사 거인과 유사했다. 털 하나 없는 연한 회색빛 피부 탓에 간혹 반투명 인간처럼 보이기도 했는데, 어느 사진이든 감정 없는 무표정을 짓고 있었다. 무슨 생각을 하는지 전혀 알 수 없는 기계 인간처럼 말이다. 게다가 홍채와 공막 구분이 없는 유우의 눈은 어두운 홀로그램처럼 보이기도 했다.

《유우도감》은 이미 걸레짝이 된 지 오래였지만 그나마 제일 온전한 페이지가 하나 있었다. 가장 중요한 부분이기도 한, 유우를 즉사시킬 수 있는 방법

© SHUTTERSTOCK · KOLONKO, SJ

에 관한 내용이었다. 하단 그림 부분이 타버려 어떻게 생겼는지는 알지 못했지만, 관련된 글자 정보는 살아 있었다.

'원더네트.'

유우의 평균 목 길이는 인간보다 조금 더 길었다. 목덜미에 자리한 원더네트는 심장보다도 중요한 급소였다. 유우는 적으로부터 위험을 감지하면 신체경화를 통해 피부를 단단하게 만들었으므로, 신체경화가 진행되기 이전 날카로운 무기를 목뒤에 꽂아 버리기만 한다면 유우를 단번에 포획할 수 있었다. 원더네트가 자리한 유우 목과 머리는 중요 핵심 부위라는 이유로 가장 값비싸기도 했다.

예원은 뾰족한 화살을 당겨 유우의 목뒤를 명중시키는 자신의 멋진 모습을 떠올렸다. 유우는 몸이 무거운 탓에 속도가 느렸으니 충분히 가능할 거라 생각했다. 그렇지 않더라도 가능하게 해야 했다. 물론 예원의 발화 현상이 나타나지 않았을 때 가능한 전개이긴 했지만.

예원은 언젠가 뉴스에서 유우보호단체의 시위를 본 적이 있다. 그들은 유우가 돌연변이 괴생물체라는 이유로, 보호 멸종동물로 선정되지 못한 것에 대해 규탄하고 있었다. 그러나 아무리 시간이 흘러도 인구수, 경제, 사회문화 등이 이전처럼 복귀되지 않는 상황에서 많은 사람에겐 돌연변이 괴생물체의 권리까지 챙길 여유가 없었고, 그들의 목소리는 괴짜들의 배부른 소리로 여겨졌다.

예원도 마찬가지로 말도 안 되는 소리라고 생각했다. 호모 사피엔스만 살아남기 이전에는 인류가 적어도 25종 이상이었던 것처럼, 유우는 종만 다를 뿐이지 똑같은 인간이라고 유우보호단체가 아무리 주장해도 유우라는 괴물이 얼마나 많은 사람을 죽였던가? 아빠에게 들은 것만 해도 한 무더기였다. 얼마나 많은 유가족이 눈물을 흘려야 했는지 셀 수 없었다.

유우를 마주한다면 절대 당황하지 않고 화살을 곧장 원더네트에 꽂아버릴 것이다. 그리고 그 모습을 아빠가 봐주었으면 좋겠다고 생각했다. 예원은 포획한 유우의 목을 아빠 앞에서 당당히 들어 보이겠다고 또 한 번 다짐했다.

# 3

## 출항

유우가 흘리는 액체는 A존 공기에 닿으면 급속도로 고체화된다. 그 액체는 유우가 살아 있어야 내부 작용으로 얻을 수 있는 보석으로, 한 해에 1개 이상을 얻더라도 희귀성을 위해 거래하지 말 것.

— 화재로 손상된 《유우도감》 중 일부

장례식으로부터 며칠 뒤, 아빠는 당분간 수도에 다녀오겠다며 기일 없는 출장을 떠났다. 아빠는 유통계약을 하거나 함진에는 없는 무기와 술이 필요할 때마다 수도에 다녀오곤 했다. 물론 수도라고 해봤자 대지진 이전과는 비교할 수 없는 작은 규모였고, 반 이상 깎여버린 인구는 쉽게 늘어나지 못해 북적이지도 않았다. 그럼에도 이들에겐 가장 요란한 도시였다.

상사의 부재 때문인지 마른 천으로 접시를 닦는 진영의 콧노래가 들렸다. 예원도 마찬가지로 아빠의 출장이 반가우면서도, 아빠가 왜 긴 시간 동안 수도에 머물기로 했을지 궁금했다. 아빠는 가끔 술에 취하면 평소보다 말이 많아졌는데, 그럴 때마다 수도인들에 대한 험담을 했다. 납품할 때마다 말도 안 되는 조건을 들이미는, 아빠 표현을 빌리자면 뇌가 구더기로 꽉 찬 인간들이라고. 거기다 미신을 믿는 멍청한 사람들이 말도 안 되는 일에 돈과 시간을 허비하고, 여럿이 모여 쓸데없는 작당 모의를 한다고 말이다. 그 이야기를 들을 때마다, 진영도 미신에 의지한다는 걸 아빠가 알면 어떤 표정을 지을지 상상해보곤 했다.

"이모, 뭐 좀 들은 거 있어?"

"정확히는 모르겠는데 중요한 일인가 봐. 수도에

서 일주일을 넘긴 적이 없으시잖아. 똥냄새 난다고."

진영은 청소를 한다는 이유로 집 안 여기저기를 자연스레 돌아다닐 수 있는 권한이 있었지만, 아빠의 출장 이유에 관해선 전혀 관심이 없어 보였다. 그저 진영은 여느 날과 같은 일상처럼, 장을 봐 오겠다며 구매목록을 적은 메모지와 장바구니를 챙겼다.

밖으로 나가는 김에 모아둔 쓰레기를 버릴 참으로, 쓰레기봉투를 한껏 든 진영이 현관문을 열고 나서려던 때였다.

"아유, 놀라라!"

거실로 내려와 구인 정보가 담긴 종이신문을 챙기던 예원도 흠칫 놀라 진영을 바라보았다. 열린 현관문 앞에 서 있는 건, 다름 아닌 초인종을 누를지 말지 고민하던 동하였다. 눈을 동그랗게 뜨고 쳐다보는 진영에 동하는 머쓱한 듯 시선을 피했다.

"아, 안녕하세요."

놀란 것도 잠시, 동하를 발견한 진영의 얼굴이 환해졌다.

"어머, 이게 누구야? 동하네."

오랜만에 집까지 어쩐 일이냐며 진영이 반기자,

동하는 쭈뼛대더니 말했다.

"사장님께서 놓고 간 서류가 있다고 우편으로 보내달라고 하셔서요."

예원은 가만히 동하를 바라보았다. 괜한 긴장 탓에 손에 힘이 들어가, 예원이 쥐고 있는 신문이 자잘한 굴곡을 만들며 구겨졌다. 시간이 흐르면 흐를수록, 동하를 볼 때마다 '아빠가 젊었을 땐 저런 모습이었을까?' 하는 생각이 들곤 했다.

그때 동하가 진영이 한가득 들고 있는 쓰레기봉투를 가져가며 말했다.

"아, 제가…."

그러자 진영은 "아유, 괜찮은데." 하고 소리내어 웃으며, 못 이기는 척 쓰레기봉투를 놓았다. 진영의 웃음소리를 마지막으로 들어본 것이 언제였던가? 예원에겐 너무나도 낯선 모습이었다. 현관문이 '쾅' 하고 닫혔다. 예원이 거실 창문으로 내다보자, 진영은 뭔가를 열심히 이야기하며 쓰레기 버리는 곳까지 동하를 따라가고 있었다. 그러는 동안 진영은 손으로 입을 가리고 몇 번이나 웃었다.

진영은 가만히 서서도 한동안 이야기하더니 겨우

떠났다. 쓰레기를 버리고 다시 고동저택으로 걸어오는 동하를 발견한 예원은, 재빨리 창문을 내다보던 시선을 거두었다. 동하가 성큼성큼 다가오고 있었다. 예원이 어디로 가야 할지 몰라 이리저리 움직일 때쯤, 동하가 다시 한번 문을 두드렸다.

숨을 고르고 천천히 문을 열자, 예원과 닿지 않기 위해 애쓰며 동하가 안으로 들어왔다. 그러고는 어색한 몸짓으로 서재 쪽 방향을 가리킨 후 잠시 예원의 반응을 살피더니, 서재를 향해 걸어갔다. 예원은 그런 동하의 뒷모습을 쫓았다. 아빠와 비슷한 걸음걸이로 서재 안으로 들어간 동하가 문을 닫았다. 예원은 복도 끝에 서서 닫힌 서재 문을 멍하니 바라보았다. 동하는 그 안에서 한참 동안 나올 생각을 안 했다.

모든 생각을 거두기로 했다. 이렇게 닫힌 문을 혼자 쳐다보는 궁상맞은 일은 그만두기로 했다. 그렇게 뒤돌아 2층 계단을 오르고 있을 때였다. 덜컥 서재 문이 열리더니 동하가 거실로 걸어 나왔고, 손엔 서류 봉투를 하나 들고 있었다. 예원은 동하가 가든지 말든지 무시하고 방으로 올라갈 참이었다.

그때 동하가 말했다.

"저기, 예원아."

예원은 흠칫하고 동하를 바라보았다. 벌레 표면 위를 걷고 있는 것처럼 기분이 이상했다. 아빠 앞에서 형식적인 인사말은 몇 번 주고받은 적 있었지만, 서로의 이름을 불러본 적도 부를 이유도 없었기 때문이다.

"나 물어보고 싶은 게 하나 있어서."

"뭔데?"

동하는 한참을 머뭇대더니 기어들어 가는 목소리로 말했다.

"너 A존에 가본 적 있어?"

너무나도 예상치 못한 질문이었다. 고작 해봐야 아빠나 집안 문제와 관련된 무엇이겠거니 생각했는데, 그것과는 차원이 달랐다. 언젠가는 아빠, 동하와 함께 A존에 갈지도 모르겠다고 어렴풋이 떠올린 적은 있었다. 그러나 유우가 멸종 직전에 놓여 있기도 하고, 아빠도 당분간 출항하지 않는다는 걸 보아 기회를 조금 더 기다리기로 여겼던 것이다.

하지만 예원의 의지와는 다르게 입이 움직였다.

"당연히 가봤지."

"정말?"

"…응."

"그럼 유우도 본 거야?"

"그럼."

스스로도 왜 이러는지 몰라 멈추고만 싶었지만 그럴 수 없었다. 점점 커지는 동하 눈에 어떤 기대감이 차오르고 있었다. 동하는 허공을 응시하며 작게 중얼거렸다.

"믿을 수 없어."

"뭘?"

"내가 유우에 점점 더 가까워지고 있다는 게. 작은 아버지… 아니, 사장님은 유우 관련된 사업을 하시니까. 유우가 너무 궁금했거든."

아마도 아빠는 동하에게 자신을 사장님이라고 부르도록 단단히 교육을 시킨 모양이었다. 그러거나 말거나,

"너, 너는 조만간 출항할 수 있을 거잖아."

말을 더듬은 스스로가 바보같이 느껴졌다. 동하는 그런 건 전혀 눈치채지 못한 채, 그저 예원이 어

떤 사실을 떠올리게 한 듯 표정이 시무룩했다.

"못 갈 거 같아. 상황이 좋지 않다고 들었어."

"사, 상황?"

"그러니까 그게…."

예원은 우물쭈물하는 동하가 답답했다. 도대체 무슨 상황이 안 좋다는 건지, 이 고동저택 안에서 일어나는 일에 대해 예원 자신도 알고 싶었다. 동하를 다그치지 않기 위해 손과 발에 힘을 꽉 주고 기다렸다.

"A존에 유우가 얼마 남지 않았다고 하셨어."

최근 아빠의 출항 횟수가 줄어든 이유도 점점 소멸해가는 유우 숫자와 연관되어 있을 터였다.

"유우가 멸종되면 사장님도 사업이 힘들어질 거야. 유우 유전자를 복제해서 사육할 수 있는 시스템을 구상 중이신 것 같아. 그래서 수도에 있는 어느 연구소에 가신 거라고 들었거든."

"그럼 복제하고 나면 갈 수 있는 거 아냐?"

"그게 말처럼 쉽지만은 않다고 들었어. 언제까지 길어질지 모르는 일이고."

영원할 줄 알았던 거성상사가 곧 추락을 눈앞에

두고 있었다. 예원은 믿을 수 없었다. 사람이 얼마나 죽든 이 고동저택에서 태어난 거성상사만큼은 영원할 줄 알았는데. 그들이 마구잡이로 죽여 대던 유우를, 이제는 보존해야 할 상황이 온 것이었다.

"아무튼, 난 당분간 갈 수 없을 거야. 못 갈 확률이 더 높기도 하고."

"……."

"예원아, 그럼 넌 유우 피부도 가까이서 봤겠네?"

유우에 대한 궁금증을 멈추지 못하는 동하를 보면서 그 집착이 어디서부터 시작되었을지 생각했다. 예원의 입장에선 조급할 필요가 없어 보이는 동하에게도 사업의 근원인 유우가 멸종된다는 건 크나큰 위기로 다가왔으리라.

예원은 《유우도감》을 떠올리려 애썼다. 아빠 서랍 맨 밑 칸에 자리한 그 노트. 도감 내용을 대부분 기억하고는 있었지만, 구체적으로 '유우 피부'에 대한 내용이 생각나질 않았다. 떠올리려 하면 할수록 머릿속이 새하얘졌다.

"당연하지. 엄청나게 매끈거리고… 투명했어."

"투명했다고?"

"아니, 투명한 건 아닌데… 투명한 거 같은 그런…."

동하가 어깨 힘을 축 빼며 작은 감탄사를 내뱉었다.

"와, 그렇구나. 그럼 A존에 가는 방법도 알고 있는 거지?"

예원은 처음으로 동하를 이긴 기분이었다. 비록 그것이 거짓 승리일지라도. A존에 가본 것도, 유우를 실제로 마주한 것도 모두 사실이 아니었지만, 이 순간을 만끽하려는 듯 어깨를 으쓱거렸다.

"대충. 유우는 원더네트에만 집중하면 돼."

"원더네트?"

"급소거든. 한 방에 죽여버릴 수 있는."

예원이 의기양양한 얼굴로 한쪽 입꼬리를 올리더니, 말을 이었다.

"아빠가 그랬어. 질서를 어지럽히는…."

그러자 동하가 예원의 말을 동시에 따라 했다.

"질서를 어지럽히는 돌연변이는 없는 게 낫다."

"질서를 어지럽히는 돌연변이는 없는 게 낫다."

그들 사이에 잠시 정적이 흐르더니, 서로 작은 웃음을 터뜨렸다. 예원은 경계를 늦추지 않기 위해 금세 원래의 모습으로 돌아왔지만.

동하가 부럽다는 듯 말했다.

"신기하다. 나도 가보고 싶어."

"거긴 아무나 못 가."

"왜?"

"위험하니까."

"넌 갔잖아."

"그게 왜?"

"그럼 나도 갈 수 있을 거 같아서."

그러자 예원이 코웃음 쳤다.

"뭐?"

"나도 A존에 가보면 안 될까?"

"그렇게 자신 있으면 아빠한테 가서 말해. 나한테 그러지 말고."

"사장님은 당분간 A존에 갈 생각이 없으셔. 출장이 꽤 걸릴 것 같아. 그러니까… 그사이에 갔다 와보면 어떨까 해. 그냥 눈으로만 보고 돌아오면 되잖아. 사장님 걱정시킬 필요 없이."

"아빠 앞에서는 온순한 척 다하더니."

"그게 아니라, 너무 궁금해서 그래. 넌 유우가 다시 보고 싶지 않아?"

유우를 보러 가자는 동하의 적극적인 제안이 당황스러웠다. 《유우도감》에서 본 걸 토대로 대충 아는 척하면 될 줄 알았더니, 직접 가보자고 할 줄이야.

"당연히 또 보고 싶지."

동하의 표정이 환해졌다.

"그럼 같이 가줄 거야?"

뭐라 대답해야 할지 몰라 입술만 우물댔다. 아빠의 허락 없이, 그것도 아빠에게 알리지 않고서 다른 곳도 아닌 A존에 몰래 간다는 건, 지금껏 감히 상상도 해보지 못한 일이었다.

몸이 뜨거워지는 걸 느꼈다. 위험했다. 이건 동하가 고동저택에 침입해 자리를 뺏는 것과는 다른 차원의 일이었다. 예원은 한 번도 함진을 벗어나본 적이 없었다.

기어들어 가는 목소리로 예원이 중얼거렸다.

"뭐… 어쩌면…."

"응?"

"가능할지도…."

동하는 땅굴로 들어가는 예원의 속삭임을 놓치지 않았다.

"정말?"

괴로운 한숨이 절로 터져 나오려는 걸 꾹 참았다. 머리를 쥐어뜯고 싶은 손이 움찔거려 힘을 잔뜩 주어 버텼다. 지금까지 했던 모든 말은 거짓이었다고 고백하는 게 가장 간단한 해결책이라는 걸 예원도 알고 있었다. 모두 아빠의 유우도감을 훔쳐보고 얻은 정보였다고 말이다.

하지만 입은 풀칠을 한 것처럼 떨어질 생각을 안 했다. 예원은 고개를 푹 숙인 채 대충 얼버무리고는 눈을 질끈 감았다. 사실 고백이라는 간단한 해결책을 눈앞에 두고 돌이킬 수 없는 강을 건너버린 것이다.

동하가 기뻐했다.

"내일 아침에 출발하면 될까?"

출항하던 날의 아빠를 떠올렸다. 항상 전날에 모든 준비를 끝낸 뒤 이른 새벽에 떠나곤 했던 아빠였다. 함진에선 절대 필요할 리 없는, 마치 겨울나기를 하는 야만인처럼 두꺼운 겨울옷으로 중무장한 채.

"새벽 5시쯤."

"알겠어."

"거긴 엄청 추워서 마음 단단히 먹어야 할 거야.

년 겨울을 겪어본 적이 없을 테니까."

그건 예원도 마찬가지였다.

"정말?"

"응. 항상 얼어붙어 있거든."

"어떡하지? 난 두꺼운 옷이 없는데."

A존에 드나들지 않는 이상, 겨울옷이 필요한 함진 사람은 없을 것이다. 습한 안개로 뒤덮인 찜통에서 털옷이 필요할 리 없으니까.

결국, 예원은 동하를 데리고 아빠 방으로 향했다. 옷장엔 옷과 벨트들이 가지런히 정리되어 있었는데, 서재처럼 한 치의 오차도 없는 정렬이었다. 예원이 침을 꿀꺽 삼키더니 그 속을 헤집기 시작했다. 가장 두꺼워 보이는 상하의와 겉옷을 들고서 동하 위에 대보며 말했다.

"입어봐."

긴장 섞인 얼굴로 동하가 옷을 받아서 들었다. 겉옷에 팔을 한 쪽씩 집어넣고 지퍼까지 밀어 올렸다. 아빠보다 큰 체격 때문에 자칫 작을 수도 있을 것 같았는데, 생각보다 그리 불편하지 않아 보였다.

"어때?"

"괜찮은 거 같아."

"다행이네."

예원은 재빨리 동하에게서 시선을 거두고는 아빠 옷장을 정리했다. 예원은 믿을 수 없는 사실을 인정해야만 했다. 아빠 옷을 입고 있는 동하의 모습이 너무나도 아빠처럼 보였던 것이다. 아빠의 젊었을 때 사진이 남아 있질 않아서 정확히 알 순 없었지만, 젊은 아빠가 나타난다면 분명 저런 모습을 하고 있을 것만 같았다.

두 사람은 새벽 5시에 만나기로 하고선 헤어졌다. 예원은 이 말도 안 되는 상황에 다리를 떨며 손톱을 뜯었다. A존은 저주받은 섬이라고들 했다. 그 무서운 곳에서 어떻게 버틸 것이며, 또 배는 갑자기 어디서 구한단 말인가? 그곳에 도착하기는커녕 잔잔한 바다가 경기를 일으켜 그대로 숨통을 비틀어버릴 수도 있었다. 그게 아니라면 바다 아래에 묻혀버린 괴담 속 시체들에게 잡아먹힐지도 몰랐다. A존을 탐한 벌로, 죽은 채 살아 있는 그들에게 말이다. 아무리 힘센 동하여도 쉽지 않은 여정일 게 분명했다. 예원은 머리를 거칠게 긁어댔다. 지금이라도 가서 털

어놓는다면, 민망하긴 하겠지만 늦진 않을 것이다. 그러나 섣불리 발이 떨어지질 않았다.

그런 좌절 속에서 예원은 저도 모르게 갱생을 위한 회로를 돌렸다. 아빠의 허락을 구하지 않았다고 한들 값비싸고 희귀한 유우 눈물을 가져올 수만 있다면… 상황이 뒤바뀔 수도 있다. 그럴 수만 있다면 아빠가 조금은 미소 지을지도 모르겠다고 생각했다. 그런 기회가 찾아온다면, 더할 나위 없을 것이다.

그때 문득 삼촌 얼굴이 스쳐 지나갔다. 삼촌이 어부라는 점이 이렇게 감사할 일일 수가 있다니. 배가 아무리 낡아빠졌다 한들 그게 무슨 상관이겠는가? 물에 뜰 수 있기만 하다면.

★

늦은 밤, 예원은 자전거를 타고 삼촌 집을 향해 달렸다. 듬성듬성 놓여 깜빡거리는 가로등이 괜히 으스스해, 자전거 전조등 밝기를 최대한으로 높였다. 그리고 뒤도 돌아보지 않고 페달을 굴렸다.

어느 정도 달렸을 때 삼촌 집에 도착했다. 자전거를 아무렇게나 던져두고는, 입구를 향해 달려가 문을 두드렸다.

"삼촌!"

아무 반응이 없자 몇 번을 더 두드렸다.

"삼촌! 나야!"

아무리 기다려도 나오지 않는 삼촌에 문을 더 세게 내리칠 때였다. '벌컥' 하고 문이 열렸다. 삼촌이 잔뜩 놀란 얼굴을 한 채 서서는 얼떨떨한 목소리로 물었다.

"뭐냐? 지금이 몇 신데."

"미안. 너무 급한 일이 있어서."

"급한 일?"

"들어가도 돼?"

예원이 물음과 동시에 몸을 집어넣었다. 삼촌은 여전히 이해할 수 없다는 표정으로 그 뒷모습을 바라보더니 이내 현관문을 닫았다.

삼촌이 걱정스러운 목소리로 물었다.

"무슨 일이라도 생긴 거야?"

"그건 아닌데, 삼촌. 나 내일 새벽에 A존에 가야 하거든. 도와줄 수 있어?"

삼촌은 멍한 얼굴을 했다.

"갑자기 그게 무슨 소리야. A존이라니."

"제발. 부탁할게."

"지금 무슨 말 하고 있는지 알기나 하는 거야?"

"내가 뭐 부탁한 적 없잖아. 어떻게 안 될까?"

삼촌은 제자리를 왔다 갔다 하며 다급해하는 예원을 가만히 살펴보았다. 자전거 페달을 있는 힘껏 밟아온 탓에, 머리칼이 땀으로 젖어 있었다.

"일단 앉아. 차를 좀 내줄게."

삼촌이 부엌으로 들어간 뒤, 작은 거실에 홀로 남은 예원은 여전히 거친 숨을 내뱉으며 들썩였다. 마음을 가라앉히려 노력할 때쯤, 예원의 시선이 소파 앞 테이블에 머물렀다. 그곳에 삼촌의 배 열쇠가 놓여 있었다. 예원은 부엌을 슬쩍 쳐다보았다. 차를 끓이는 삼촌의 인기척 소리가 들려올 때, 열쇠를 향해 손을 천천히 뻗었다. 머릿속에서 누군가 그래선 안 된다며 외쳤지만 손은 멈추질 않았다. 결국, 예원은 열쇠를 챙겨 안쪽 주머니 깊은 곳에 집어넣었다.

삼촌이 따뜻한 차를 가지고 나왔다. 컵을 양손으로 둘러 잡고는 호로록 한입 들이키자, 그제야 정신이 돌아오는 느낌이었다.

"그래. 이제 천천히 말해봐."

예원이 깊은 한숨과 함께 머뭇거렸다.

"괜찮아. 뭐든."

"이해 못 할 수도 있어."

"그럼 그렇다고 솔직히 말할게."

삼촌은 차를 마시며 예원이 말할 때까지 기다렸다.

"그게… 동하 알지."

"알지."

"걔가 A존에 가서 유우를 실제로 보고 싶대."

짧은 정적이 흘렀다. 괜히 머쓱한 마음에 차를 한 모금 마시기 위해 컵을 들어 올렸다. 예원이 차를 마시는 척하며 삼촌을 흘겨봤다. 삼촌은 역시나 '그게 너와 무슨 상관이냐'는 듯 이해할 수 없다는 눈빛으로 예원을 쳐다보고 있었다. 예원이 변명하듯 덧붙였다.

"내가 걔한테 거짓말을 했어. A존에 가서 유우를 본 적이 있다고."

삼촌이 까끌까끌한 수염을 만지며 물었다.

"왜 그랬는데?"

"모르겠어. 그냥, 지기 싫어서."

아무 말 없는 삼촌 앞에서, 눈을 질끈 감았다.

"안 돼."

"어?"

"안 된다고. 네 아빠가 날 죽일지도 몰라."

"말 안 할게. 아빠 지금 수도로 출장 갔단 말이야."

"거기 가서 뭐 하려고. 정말 유우를 만나면 어쩌려고 그래?"

"그냥 보고만 돌아오기로 했어."

삼촌은 완강한 얼굴로 고개를 저었다. 몇 시간 뒤면 거실에서 동하를 만나야 한다고 생각하니, 조바심에 가슴이 터질 것 같았다. 거짓말한 걸 들키는 것보단, 직접 말하는 게 훨씬 나았을 텐데. 몸이 뜨거워지는 기분이었다. 집에 돌아가자마자 약을 먹어야겠다고 생각했다.

예원은 그 뒤로도 몇 번이나 애원했다.

"예원아, 다른 부탁이면 모르겠는데 그건 안 돼."

그러자 예원이 자리에서 벌떡 일어서서는 씩씩거렸다. 또다시 숨이 제대로 안 쉬어지기 시작했다. 제자리를 돌아다니며 혼잣말을 중얼거리더니 결국 마음에도 없는 말을 쏟아냈다.

"아빠가 삼촌을 왜 그렇게 싫어하는지 알 거 같아."

"……."

"겁쟁이."

예원은 빠른 몸짓으로 삼촌 집을 뛰쳐나왔다. 던져둔 자전거 핸들을 잡고 올라타려고 하는데 자꾸만 발이 꼬였다. 예원은 울먹이는 얼굴로 계속해서 헛도는 페달을 노려보았다. 마음대로 할 수 있는 게 아무것도 없다는 생각에 자전거 바퀴를 발로 차고는, 핸들을 잡은 채 걷기 시작했다.

좋아하는 삼촌을 설득해 함께 출항하진 못할지라도, 다행이었다. 주머니에 배 열쇠가 있었으니까. 내일 동하를 데리고 그 배에 올라탈 것이다.

혼자서는 결심할 생각조차 못 해본 일이었지만, 예원은 어쩌면 이 출항이 기회라 여겼을지도 모른다. 꺼져 있던 불을 지펴줄 그런 기회. 깊게 고여버린 웅덩이에서 벗어날 수 있는, 다신 없을 마지막 기회.

★

다음 날 새벽 아침, 예원은 진영에게 수도에서 잠시 내려온 고향 친구 집에 며칠 머물다 오겠다는 메모를 남겼다. 그리고 동하와 함께 항구에 도착했을 때 배 앞에서 미리 기다리고 있는 삼촌을 마주했다. 날이 선 어리광을 토해내던 자신의 모습이 너무나도 초라하게 느껴지던 순간이었다.

  술을 홀짝이던 삼촌은 멀리서 손을 흔들었다.

# 4

## 설산

*유우의 주식은 산자나무 열매다.*

*그들은 나무에 붙은 열매를 손으로 뜯어 먹으며, 불을 쓰거나 다른 방식으로 변형시키진 못하는 듯하다.*

*주기적인 벌목이 필요하다.*

― 화재로 손상된 《유우도감》 중 일부

기다리겠다는 삼촌을 뒤로한 채, 예원은 동하와 함께 산 입구에 도착했다. 모든 것이 새하얀 눈으로 뒤덮인 세계의 도입부였다. 갈색 털옷을 입고 선 예원과 동하가 그들이 곧 향할 곳을 올려다보았다. 예원은 자신이 이곳에 발을 디디고 있다는 사실이 아직도 믿어지질 않았다. 이곳에 와본 적 있다는 거짓말을 언제까지 들키지 않을 수 있을지 막막해, 침을 꼴깍 삼켰다.

예원은 무거운 가방에 꽂아둔 A존 지도를 꺼냈다. 그 지도에서 A존은 커다란 삼각뿔로 표현되어 있었는데, 표면 위로 스프링 형태의 길이 나 있었다. 펜으로 그린 뾰족한 산 그림 밑에는 이렇게 적혀 있었다. 딱 봐도 아빠가 휘갈겨 쓴 글씨였다.

— 하나의 봉우리가 있는 거대한 설산.
— 단순해 보이지만 방심은 금물. 높은 나무가 시야를 차단. 집중하지 않으면 무한 반복되는 미로에 갇힘.
— 나뭇가지에 묶어둔 빨간 천을 확인하며 걷기. 유우가 천을 제거했을 가능성이 판단되면 가장 높은 나무를 따라가기.
— 되도록 하루를 넘기지 말 것. 필요하다면 나무가 많은 곳에서 머물기.

삼각뿔 그림 군데군데엔 빨간 펜으로 동그라미가 쳐져 있었다. 각각의 동그라미마다 출몰지 A부터 출몰지 D까지 알파벳 순서를 따라 표기되었다.

― *주요 출몰지 A~D는 유우의 주식인 산자나무 비율로 기록함.*

몰래 아빠 서재에 들어갔을 때 이 지도를 발견한 적은 있었지만, 이렇게까지 자세히 보는 건 처음이었다. A존에 가게 된다면 무조건 아빠와 함께일 것이라고만 여겼기에 경로에 대한 파악은 자세히 할 생각을 못 했다. 아빠와의 동행이었다면 그저 그의 뒤를 따르면 될 터였으니까. 그러나 지금 이 순간엔, 예원의 주도로 나아가야 했다. 마음 굳게 먹자고 다짐하면서도 정말 말도 안 되는 일이라는 건 변함이 없었다.

지도를 살피는 예원 너머로 동하의 시선이 느껴졌다. 함께 들여다보고 있는 지도 위로 동하의 입김이 뿜어 나왔는데, 어딘가 이상할 정도의 가쁜 숨이었다.

예원이 물었다.

"괜찮아?"

"응. 좀 추워서 그래."

아직 입산도 하지 않았는데, 동하는 유독 추위에 약한지 벌써 힘들어 보였다. 동하가 털옷을 여미며 물었다.

"어디로 가면 될까?"

"일단은…."

예원은 유우를 보려면 유우 출몰지역 방향으로 가는 것이 맞겠다고 생각했다.

"출몰지 A로 가자. 여기서 제일 가까우니까."

"응."

두 사람은 설산으로 들어갔다. 고요하고 침착한 풍경이었다. 남아 있는 발자국이라고는 하나도 없는 새하얀 땅 주변으로, 눈으로 뒤덮인 산돌과 나무들이 한가득 자리하고 있었다. 멀리서 보면 본토 나무와 별반 다를 것 없이 보였지만, 가만히 들여다보면 A존의 나무들은 어딘가 독특했다. 나뭇가지들이 앞으로 뻗어나가는 게 아니라 어떤 건 물결처럼 보이기도 했고, 어떤 건 굴곡져 꺾여 있기도 했다. 또 어떤 건 원형인 것도 있었다. 너무나 오랫동안 얼어붙은 나머지 결국 뒤틀려버리기라도 한 것처럼. 이러한 나무 형상이 A존의 독특한 분위기를 한층 더 강하게 만들었다.

예원과 동하는 경이로운 얼굴로 두리번거리며, 지도에 적힌 대로 아빠가 남긴 빨간 천을 따라 걸었다. 깊은 곳으로 들어갈수록 점점 더 한기가 심해졌다. 동하는 이곳에 들어온 뒤 몸을 웅크린 채 아무 말 없이 덜덜 떨었고, 예원은 그런 동하를 눈으로 확인하며 감당 못 할 위협이 찾아오지 않기를 바랐다.

걸음을 디딜 때마다 눈이 짓눌리는 소리가 들렸다. 그렇게 한참 동안 아빠가 남긴 흔적을 따라 A존을 탐색했다. 그 과정에서 차갑게 얼어버린 호수와 비틀어진 나무들, 그리고 사람 팔다리만 한 위협적인 고드름 구간을 지났다. 예원은 《유우도감》에서 얼핏 읽은 적이 있었다. 어떤 고드름은 전혀 알아차리지 못할 정도로 투명해서, 고드름이 있는 줄 모르고 직진했다가는 그대로 몸을 관통당할 것이라고. 그래서 속도를 낼 수가 없었다. 고드름이 눈에 띄는 구간에서는 특히나 더 경계하며 걸었다.

아빠의 기록에 따르면, A존에서 길을 잃으면 무한 반복되는 미로에 갇힌다고 했다. 예원은 지금 걷는 길이 옳은 방향인지 확인할 방법이 없었지만, 일정 간격으로 나무에 매달아 놓은 아빠의 빨간 천에 의지했다. 이곳에 없지만 동시에 함께하는 아빠의 흔적이 예원에게 깊은 안정감을 주었다.

추위에 괴로워하던 동하가 걸음을 멈추더니, 걸어온 길을 바라보며 말했다.

"우리 말고는 발자국이 정말 하나도 없네."

"그러게."

"어쩌면 유우는 발자국도 남기지 않는 걸까?"

"그러진 않을 거야. 아무리 유우여도 날진 못하니까."

"하긴…. 너무 춥다. 몸이 굳는 기분이야."

"내 목도리 줄까?"

"너는 어떡하고?"

"너보다는 나은 거 같아서. 아직은."

예원은 목에 차고 있던 털목도리를 풀어 동하에게 건넸다.

"고마워. 10분 뒤에 다시 줄게."

"됐어. 필요할 때 내가 말할게."

동하가 털목도리를 두르며 코를 훌쩍였다.

"나도 두 번째 올 때는 좀 나을까? 너처럼."

"글쎄…. 그럴 수도 있겠지."

"그랬으면 좋겠어."

그렇게 말하는 동하의 두 볼이 낮은 온도에 붉어졌다.

이곳에 몇 번을 온다 한들 동하를 감싼 한기가 덜하진 않을 것 같았다. 이상할 만큼 동하가 추위에 약하거나, 예원이 강한 것일 테다. 아마도 A존에 들어온 이후 동하는 적잖이 당황했을 것이다. 옆 사람보다 약한 상태에 놓이는 상황을 얼마나 경험해보았겠는가? 동하는 조금이라도 더 따뜻해지길 바라는 마음인지 털목도리에 얼굴을 파묻었다.

화제를 돌릴 겸 예원이 말했다.

"유우가 남긴 흔적이 있는지 둘러보면서 가자."

"알겠어. 보면 바로 말할게."

그들은 걷고 또 걸었다. 하얀 눈, 안개 없는 회색빛 하늘, 굴곡진 나무들… 똑같은 풍경들이 끝없이 반복됐다. 그 속에서 조그마한 것이라도 유우의 흔적을 찾기 위해 신경을 곤두세웠다.

그러나 비슷한 풍경을 계속해서 파고들어도 유우와 관련된 건 아무것도 없었다. 변화가 있을 리 없는 사진 속에 갇힌 기분이었다. 유우의 모든 부위는 쓸모 있었기 때문에 아빠가 어떤 것도 버리지 않았을 거란 건 알고 있었지만, 발자국은커녕 이렇게까지 아무것도 없을 줄은 몰랐다. 끝없이 내리는 눈꽃이 쌓여 작은 핏방울마저 모조리 지워버린 것 같았다.

그렇게 얼마나 지났을까? 당장 주저앉고 싶다는 생각이 들 때쯤이었다. 예원이 손가락으로 무언가를 가리키며 말했다.

"어? 저거 봐봐."

손끝이 가리킨 건 산자나무였다. 초록 잎 아래로 작은 주홍 열매가 포도처럼 자라나 있었다. 산자 열매는 고요한 잿빛 속에서 유일하게 색을 지녀 그 존재감을 드러냈다.

예원이 산자나무를 향해 뛰자, 동하도 빠른 걸음으로 따라갔다. 가까이 다가가 산자 열매를 관찰하는 예원의 눈이 반짝였다. 눈부시게 놀라웠다. 차갑고 거친 곳에서 이렇게 잘 자랄 수가 있다니. 영롱한

주홍빛이 A존에 생명을 불어넣는 것 같았다. 본토에서는 볼 수 없는 영롱한 아름다움이었다.

산자나무를 기준으로 그 주변을 넓게 둘러보았다. 한 그루만 있는 줄 알았는데, 생각보다 많은 양의 산자나무가 여기저기서 자신의 자리를 지키고 있었다.

예원의 얼굴에 환한 미소가 천천히 피어올랐다. 주홍빛 열매와 새하얀 눈, 그리고 빛을 반사하는 투명한 고드름과 뻥 뚫린 하늘. 괴사한 줄 알았던 섬이 생명의 숨을 내뱉고 있다는 걸 발견하게 된 순간, 예원의 시야에 비친 A존은 황홀함으로 가득 차올랐다. 저주받은 땅에 이런 반짝임이 숨어 있다니. 눈앞을 가리고 있던 뿌연 막이 걷히며 새로운 장이 펼쳐지는 듯했다.

예원은 이곳의 공기를 몸 안 가득 채우려는 것처럼 숨을 깊게 들이마셨다. 그리고 말했다.

"여기가 출몰지 A였던 거 같아. 산자나무가 엄청 많아."

산자 열매를 들여다보고 있자니, 열매를 한 입 먹어보고 싶다는 충동이 일었다. 예원이 열매 한 알을 따자 너무나도 손쉽게 톡 터져버렸다. 보기보다 예민해 살살 다뤄야 하는 듯했다.

'그러면 입에 한꺼번에 집어넣으면 되지 않을까? 그 안에서 터질 테니까.'

예원이 다시 한번 열매로 손을 뻗을 때, 동하가 막았다.

"먹는 건 위험하지 않을까?"

"그냥 열매일 텐데?"

"혹시 모르니까."

궁금하긴 했지만, 동하 말에도 일리가 있었다. 《유우도감》엔 산자 열매를 섭취해도 되는지에 대한 정보가 기록되어 있지 않았다. 온몸에 독이 퍼질지도 모를 일이니, 우선은 호기심을 참고 좀 더 확신을 가질 수 있게 된다면 다시 시도해보기로 했다.

"그렇지, 아무래도…."

그때였다.

쿵!

화들짝 놀란 두 사람은, 소리가 난 곳을 향해 재빠르게 고개를 돌렸다. 반사적으로 온몸에 닭살이 돋아났다. 예원은 활을, 동하는 도끼를 꺼내 들고 어설픈 모양새로 등을 맞댔다.

쿵! 쿵!

또다시 움찔거렸다.

동하가 소리가 난 곳을 향해 도끼를 겨누며 말했다.

"나랑 똑같은 생각 하고 있지?"

"응. 유우가 움직이는 소리야."

한참 동안 경계 태세로 식은땀을 흘렸지만, 쿵쿵대던 소리는 점점 멀어졌고 이내 들리지 않게 됐다. 예원은 다리에 힘이 풀려 풀썩 주저앉았다. 가끔 식탁에서 보던 유우를 막상 실제로 만난다고 생각하자, 소리가 사라진 뒤에도 요동치는 가슴이 멈추질 않았다.

★

《유우도감》에 적힌 대로 나무가 빼곡한 곳을 골라 작은 모닥불을 피웠다. 불 피우는 일은 여러모로 유리할 게 없었지만, 그러지 않으면 동하가 정말로 동사할 것 같았다.

A존 입구에서 술을 홀짝이며, 자신과 동하를 기다렸을 삼촌을 떠올렸다. 이미 하룻밤이 지나고 있으

니 삼촌을 만나기까지 이틀이 남은 셈이다. 미로 같은 이곳에서 삼촌과 길이 엇갈린다면 다시 만날 가능성은 희박했다. 그러므로 약속한 날에 맞춰 반드시 입구로 돌아가야만 했다. 삼촌이 거대상어를 피해 무사히 본토로 돌아갔기를 간절히 바랐다.

모닥불 앞에 앉아 챙겨온 식량을 꺼내 먹었다. 식사라기보다는 강한 허기에 무슨 맛인지도 모르고 입에 쑤셔 넣는 꼴이었다. A존의 강렬함에 압도당했지만, 한편으론 집으로 돌아가고 싶었다. 유우의 눈물을 손에 넣겠다는 다짐이 우스워질 정도로 따뜻한 밥과 부드러운 침대가 그리웠다.

모닥불 앞에서 동하가 덜덜 떨었다. 예원이 그 모습을 힐끗 쳐다보고는 물었다.

"넌 여기 온 거 후회 안 해?"

동하가 고개를 끄덕였다.

"정말? 그렇게 추워하면서도?"

"응. 유우를 꼭 보고 싶었거든."

"대체 왜 그렇게 보고 싶은 건데?"

"내 눈으로 직접 확인해보고 싶어. 괴물이 어떻게 생겼는지."

예원 또한 유우가 물리쳐야 할 괴물이라는 점에 동의했다. 거대한 몸집으로 우유 팩을 터뜨리듯 인간을 터뜨려 학살하는 존재였으니까. A존에 오기 전까지 예원은 일말의 의심 없이 확신했다.

　그러나 지금은 달랐다. 산자나무를 보고 난 이후, 조금 혼란스러워졌다. 무자비한 괴물이 빛나는 작은 열매들을 섭취하는 모습이 영 그려지지 않았다. 또 공격성 높은 괴물이라면, 지금 이 순간 A존에 침략자가 있음에도 왜 모습 한번 드러내지 않는지 의아했다.

"정말 괴물일까?"

예원의 질문에 동하는 잠시 생각하더니 답했다.

"괴물이라고 믿어야 할 거 같아."

"왜?"

"그래야 사장님이 받아주실 것 같아서."

"……."

"난 네가 부러워. 사장님의 진짜 가족이니까."

"아빠가 뭘 어떻게 해줬길래 그래?"

"천천히 가르쳐주고, 말해주고, 보여주고…. 그런 어른은 처음 만나봤어."

예원이 황당한 얼굴로 헛웃음을 쳤다. 아무렇지 않은 척하기 위해 남은 음식들을 입안으로 구겨 넣기 시작했다.

"부모님은 내가 너무 어릴 때 돌아가셔서 가족이 있다는 게 어떤 기분인지 잘 몰랐거든. 근데 이제는 조금 알 것도 같아."

예원은 아무 말 하지 않았다. 그저 음식을 꾸역꾸역 씹다가, 억지로 집어넣던 걸 결국 삼키지 못하고 캑캑댈 뿐이었다. 동하가 건넨 물을 몇 입 마시고 나서야 겨우 안정을 되찾은 예원은, 이 시간을 끝내려는 듯 자리에서 일어났다.

"약이나 먹어야겠다."

그들은 1인용 침낭을 펴고 그 안에 들어가 누웠다. 모닥불 옆에서도 추위에 괴로워하는 동하와 달리, 예원은 몸을 웅크리고서 《유우도감》을 읽었다. 이전에 볼 때는 별생각 없었던 구간이 눈에 띄었다. 산자나무에 대한 내용이었다. 산자나무는 생명력이 매우 강하기 때문에 과잉 번식되지 않도록 주기적으로 베어야 한다고 적혀 있었다. 산자나무를 제거하는 것이 그들의 힘을 빼앗고 내부 경쟁을 일으킬 방법이라고 말이다. 물론 오래전에 적힌 내용이라, 지금은 굳이 산자나무를 제거할 필요까지는 없을 것 같았다.

예원은 궁금했다. 이 내용을 적을 시점엔 유우가 멸종위기에 처하리란 걸 모르기도 했겠지만, 아무리 그렇다고 한들 예원이 발견한 산자나무의 반짝이던 주홍빛을 '아버지들'은 발견하지 못했던 것인지를. 산자나무를 처음 마주했을 고조할아버지와 증조할아버지, 할아버지, 그리고 아빠를 떠올렸다. 산자나무가 차가운 얼음과 만들어내는 조화를 발견했다면 나무를 베어버려야 한다는 문구는 절대 적지 못했을 텐데.

비록 화재로 반절 이상이 사라졌지만, 지금껏《유우도감》은 유일한 정답이자 안내서였다. 유우를 직접 보지 않더라도 도감을 읽는 사람이 유우 포획에 필요한 충분한 정보를 얻을 수 있는 열쇠 같은 존재 말이다.

언제나 그런 역할을 했던 책자가… 이질적으로 다가오기 시작했다. 예원이 직접 목격한 것과 너무나도 상반된 문구 때문이었다. 문득 이《유우도감》을 유일한 정답으로 받아들여도 될지 판단이 서질 않았다. 불경한 생각인 것 같아 머릿속에서 지워보려고도 했지만, 한번 들어찬 의심의 씨앗은 땅에 묻히기는 커녕 점차 피어오르기만 했다.

어떻게 그것들을 베어버릴 생각을 할 수 있단 말인가? 산자나무에 대한 잘못된 설명처럼, 어쩌면 다른 부분들도 사실과 다를 수 있겠다는 가능성을 품었다. 난생처음, 이 도감이 미완성처럼 느껴지는 순간이었다.

혼란스러운 마음에 자리에서 일어나 앉았다. 문득 이 도감의 산자 열매 부분을 고쳐 쓰고 싶다는 생각이 번뜩 스쳐 지나갔지만, 어디부터 어디까지가 진실인지 알아낼 방법을 몰랐다.

차라리 처음부터 새로 만드는 일이 더 쉬울 수도 있었다. 깨끗하고 새로운 종이에, 진실만이 담긴 《유우도감》. 어쩌면… 예원이 아빠에게 바쳐야 하는 건 유우의 눈물이 아닌, 새로운 도감일지도 몰랐다. 아빠가 그걸 원하지 않는다고 해도.

A존엔 유우를 제외하고 다른 동물들이 존재한 흔적은 아직 없었다. A존엔 유우들이 먹는 산자 열

매 외에 섭취할 수 있는 것이 마땅히 없었고, 유일한 나무들은 변형되어 자라났다. 거기다 혹독한 추위까지, A존은 종족 번식하기에 매력적인 땅이 못 되었다. 지금까지 알려진 바로는 그랬다.

그럼에도 살생 행위에 흥미를 느껴 다른 동물을 모조리 제거했을 거라는 가능성도 배제할 순 없었다. 유우는 산자 열매를 먹는 초식 생물이었으니 고기로 배를 채울 일은 없겠지만, 제대로 증명된 건 아무것도 없을 지도 몰랐다.

유우 신체를 포획하는 데만 중점을 둔 기존 도감으로는 해소되지 않는 것들이 많았다. 본토에서 유우에 관한 연구가 예산 문제로 중지되기도 했으니, 앞으로도 여러 의문은 풀리지 못할 확률이 높았다.

그때 동하가 반쯤 잠긴 목소리로 말을 걸었다.

"자?"

"아니. 왜?"

"A존 지도. 그림 밑에 뭐라고 적혀 있던 건지 궁금해서."

"아, 그거."

예원이 자리에서 일어나 가방에 껴둔 지도를 건

냈다.

"여기."

"그게… 읽어줄 수 있어?"

"뭐?"

"눈이 좀 안 좋아서."

의아한 듯 동하를 바라보았다. 동하가 가까운 글자를 읽지 못할 정도로 시력이 안 좋을 리가 없는데. 하지만 몸 상태가 좋지 않아 읽는 게 힘들 수도 있겠다고 생각하며 깊게 생각하지 않기로 했다.

"잠시만."

예원이 지도를 펼치더니 아빠의 메모를 읽기 시작했다.

"하나의 봉우리가 있는 거대한 설산. 단순해 보이지만 방심은 금물. 높은 나무가 시야를 차단. 집중하지 않으면 무한 반복되는 미로에 갇힘. 됐지?"

"그게 다야?"

"음….."

"밑엔 뭐라고 적혀 있어?"

"아까 다 말해준 거야. 빨간 천을 따라서 걸으라는 거."

"그건 아는데, 정확히 뭐라고 적혀 있는지 알고 싶어. 사장님이 적은 것들 말이야."

"별 내용 없어. 나 졸려서 다음에 읽을게."

예원은 다급히 지도를 접고서 등 돌린 채 누웠다. A존에 오기 전에는 몰랐던 아빠에 대한 동하의 집착을 느낄 때마다 속이 영 이상했다. 체한 것 같은, 메스꺼운 느낌이었다.

예원은 다음에도 아빠의 메모를 동하에게 보여줄 생각이 없었다.

★

반쯤 잠에서 깼을 때, 누군가의 맨발이 보였다. 하얗고 창백한 여자의 발. 몽롱한 정신으로 여자를 인지하려 애썼지만, 시야가 여전히 흐릿했다. 여자는 장작을 품에 끌어안고서 모닥불을 향해 천천히 걸어왔다. 내딛는 발걸음 하나하나에 눈꽃이 서렸다. 거의 다 꺼져가는 모닥불에 장작을 집어넣자 따뜻한 불꽃이 피어올랐다. 잠결에 눈을 찌푸린 채 그 모습을 멍하니 바라보던 예원이 속삭였다.

"엄마?"

예원은 번뜩 눈을 뜨며 몸을 일으켰다. 곧바로 주변을 살피자 예원이 누워 있는 곳은 고동저택 침대가 아닌 A존의 침낭이었다. 이 섬에 온 것은 역시나 꿈이 아니었다.

예원은 이곳에서 엄마를 마주한 게 꿈인 걸 알면서도 괜히 모닥불 주변을 살폈다. 하지만 역시나 누군가 맨발로 걸어온 흔적은 없었다. 동하의 신발 자국뿐이었다.

둘은 아침으로 수프를 먹기로 했다. 컵에 가루와 물을 넣고 섞으면 완성되는 간단한 인스턴트 팩이었지만, 한기 어린 A존에서 먹는 거라면 그 어떤 간이식품이라도 최고의 요리가 될 수 있었다.

수프를 들이마신 동하가 따뜻하다며 걸걸한 감탄사를 내뱉자, 예원이 그런 목소리는 처음 듣는다며 놀렸다. 그러자 동하는 민망한 듯 웃으며 머리를 긁적였다.

굳은 의지가 담긴 목소리로 예원이 말했다.

"오늘은 유우 꼭 찾아내자. 내일이면 돌아가야 하니까."

"그래."

어제 처음으로 《유우도감》을 다시 쓰고 싶다는 마음이 피어올랐지만, 여전히 유우의 눈물을 가져가고 싶기도 했다. 도감엔 유우의 눈물을 얻는 방법에 대해선 적혀 있지 않았는데, 어쩌면 정해진 방법이 없는 것일 수도 있었다. 전혀 생각지 못한 곳에서 귀한 광물을 발견하듯 모든 걸 우연에 기대야 하는 것처럼 말이다. 우유의 눈물이 희귀한 것도 그런 이유일 테다.

말없이 수프를 먹던 동하가 갑작스레 물었다.

"사장님이랑 유우 사냥했을 땐 어떤 전략으로 공격했어?"

"어?"

예원이 답을 찾기 위해 잠시 머뭇댔다.

"어… 직원 아저씨들이랑 같이 작전을 짜서 했지."

"우와. 너도 참여했던 거야? 어떤 역할을 했어?"

"뭐, 그냥, 조금…."

눈덩이처럼 불어나버린 거짓말을 언제 멈춰야 할지 알 수 없었다.

수프를 먹어 치운 뒤 이동할 준비를 했다. 짐을 챙기던 예원은 가방끈에 걸어둔 활을 빼내 빈 활시위를 당겨보았다. 바다 위에서 거대상어를 마주했을 때처럼 실패한다면, 대체 이걸 들고 다니는 게 무슨 의미인가 싶었다. 활로 누군가를 위협해본 적이 없었지만, 이제는 달라야 했다.

동하는 그동안 몸을 풀었다. 스트레칭과 제자리 뛰기를 한 뒤, 도끼를 휘두르는 몸짓을 익혔다. 밤보다는 기운을 차린 모양새였다.

출몰지 B를 향해 걷고 또 걸었다. 이틀째 A존을 탐색하다 보니, 겉으로 봤을 땐 비슷한 풍경인 줄 알았던 것이 사실은 다양한 형태로 이루어져 있다는 걸 깨달았다. 구간별로 서로 다른 모양을 한 나무를 하나하나 그려가며, 그 안에 숨겨져 있는 패턴을 발견하고 싶었다. 어느 구역은 무릎까지 눈이 차올라 온 힘을 다해 헤쳐가야 했고, 또 다른 구역은 땅이 단단하게 얼어붙어 네 발 자세로 기어야 했다.

그들이 지금까지 길을 잃지 않을 수 있었던 건, 모두 아빠의 붉은 천 덕분이었다. 나무에 묶인 천을 볼 때마다 아빠의 집념이 느껴졌다. 높은 나무를 표식 삼아 감으로 쫓던 할아버지들과는 달리, 아빠 세대로 넘어와서야 생긴 표지판이었다. 이 경로를 만들기까지 아빠는 몇 번이고 길을 잃었을 것이다.

예원의 숨이 점점 가빠졌다. 아무리 동하보다 추위를 덜 느낀다 한들 체력은 따라가기 힘들었다. 어제와는 달리 동하가 앞장서 걷기도 했다. 예원의 뒤를 따르지 않아도 아빠가 남겨 놓은 붉은 천만 있으면 문제없다고 여기기라도 하는 듯이.

둘 사이의 거리가 점점 멀어졌다. 동하가 의도적으로 앞서 나가려고 한 것은 아니었지만, 대화가 끊길 때면 예원이 자연스레 뒤처지곤 했다. 넓은 보폭으로 성큼성큼 나아가는 동하의 뒷모습이 강인해 보였다.

예원은 잠시 멈춰 숨을 돌렸다. 빠른 입김이 들어왔다 나가는 걸 반복할 때쯤, 어렸을 때 봤던 그림책 삽화가 떠올랐다. 흰 눈밭에 벌러덩 누워 팔다리를 움직이는 한 소녀를 그린 그림이었다. 소녀가 말하길, 눈밭에서 손발을 빠른 속도로 휘젓다 보면 천사가 찾아온다고 했다. 그러니까, 팔다리를 움직이는 잠깐의 시간 동안 천사가 다녀간다는 뜻이었다.

문득 직접 시도해보고 싶다는 충동이 일었다. A존에 오기 전까지만 해도 실제 겨울을 겪어본 적이 없었던 예원이었다. 숨이 턱 끝까지 차올랐던 예원은, 눈밭이 침대와 얼마나 비슷한지 알아내려면 지금 당장 팔 벌려 누워보는 수밖엔 없다고 호기심을 핑계 삼아 스스로를 속이려 했다.

 동하를 쫓아가야 한다는 것도 잊은 채 두 팔을 벌리고 섰다. 만약 눈 아래에 사나운 고드름이 서 있다면 예원의 몸은 그대로 관통당할 것이다. 그렇게 된다면, 그때야말로 그림책에서 말했던 진짜 천사를 보게 될지도 몰랐다. 순간, 그건 그것대로 나쁘지 않겠다고 생각했다.

 고개를 젖히고 무게 중심이 뒤로 향하게 했다. 낙하하는 예원의 시야는 눈 내린 땅에서 나무 기둥으로, 나무 기둥에서 나뭇가지로, 나뭇가지에서… 회색빛 하늘로 옮겨갔다.

 푹. 예상과 달리 팔 벌린 몸은 고드름에 관통당하지 않은 채, 눈밭 위로 안착했다. 그렇게 가만히 하늘을 바라보았다. 똑같은 하늘인데도 서서 보는 것과 이렇게나 다를 수 있다는 게 신기했다. 상상했던 것보다 더 부드럽고 편안한 느낌에 예원은 희미한 미소를 지었다. 이대로 영원히 녹지 않는 부드러운 눈밭에서 잠들고 싶었다.

안타깝게도 고요한 평화는 오래 가지 못했다. 하늘을 더 크게 둘러보기 위해 고개를 돌리다, 눈에 파묻혀 있는 거대한 손가락을 발견했던 것이다. 자칫하면 얼굴과 스칠 정도로 가까운 거리였다. 소스라치게 놀란 예원이 큰 비명을 내지르자, 동하가 부리나케 달려왔다.

"괜찮아? 뒤에서 오고 있는 줄 알았어."

"저, 저기… 사람 손가락이 있어."

예원이 눈에 파묻힌 손가락을 가리켰다. 그러자 동하가 손가락 가까이 다가가 주변에 쌓인 눈을 파내기 시작했다. 파내면 파낼수록 묻혀 있던 형체가 점점 드러났는데, 새하얀 눈밭에 콕 박혀 있던 손가락은 손목 부근이 절단된 손이었다.

그 손은 사람 머리만 한 크기로 꽤 컸다. 예원과 동하의 손처럼 살색도 아니었고, 그렇다고 죽은 사람 같은 창백함도 아닌… 반투명한 회색빛이었다. 둘은 약속이라도 한 것처럼 눈을 마주쳤다. 그리고 동시에 말했다.

"유우다."

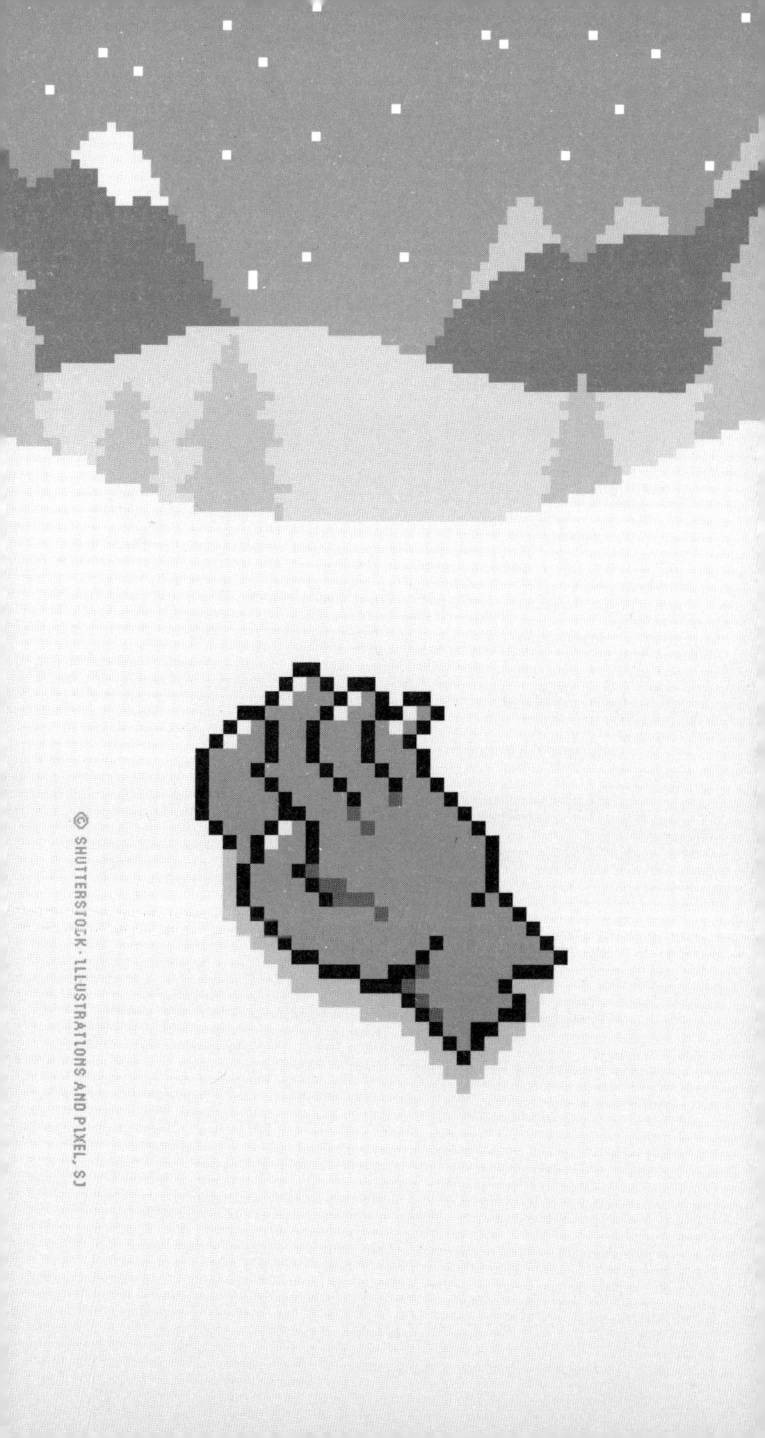

처음 보는 유우의 실체였다. 비록 절단된 신체 일부였지만 말이다. 예원은 조심스럽게 죽은 유우 일부로 다가갔다. 그 앞에 무릎을 꿇고 앉아 손끝으로 유우의 손바닥을 쓸어보았다. 단단하고 차가운 유리 같은 질감. 예원은 급히 차오르는 숨을 내뱉었다.

저 손의 주인도 아빠와 동료들에게 제거당했을 것이다. 아빠라면 분명 유우의 단 한 조각도 놓치지 않으려고 했을 텐데, 비록 매의 눈을 지닌 아빠라 한들 눈밭에 감쪽같이 숨어버린 손은 미처 발견하지 못한 듯했다.

"챙겨갈까?"

동하가 물었다.

멍한 표정으로 예원이 자리에서 비켜섰다. 그러자 동하는 바닥에 떨어진 도토리를 줍듯 유우 손을 집어 들었다.

"와, 보기보다 되게 무겁네."

동하는 연신 감탄사를 내뱉으며 수박이 잘 익었는지 확인하는 것처럼 무게를 확인했다.

그때 손목 단면이 보였다. 잘린 뼈와 말라버린 근육, 굳어버린 피. 집에 돌아가 새롭게 만들 《유우도감》에 단면을 그려 넣으려면 정확히 확인해야 했지만, 끔찍할 정도로 적나라한 모습에 예원은 재빨리 시선을 피했다.

동하는 유우 손을 가방 안에 밀어 넣으려 했다. 그러나 가방이 이미 꽉 차 있는 상태라 반절도 들어가질 않았다. 반면 예원의 가방에는 여유 공간이 어느 정도는 있다는 사실이 예원을 곤란하게 했다. 자신을 바라보는 동하의 시선을 계속해서 회피하려다가 결국엔 가방에 넣을 수밖에 없었다. 물론 지퍼를 완전히 닫을 수는 없었지만 말이다.

유우의 손이 담긴 가방을 메고서 다시 걷기 시작했다. 가방 위로 손가락이 삐져나와 덜렁덜렁 흔들거렸고, 안에 있던 물건이 덜그럭거리며 유우 손과의 마찰음을 냈다. 애써 잊으려고 해도 등 뒤에 죽은 유우 손이 올라타 있다는 게 영 소름 끼쳤다. 말도 안 되는 상상이었지만, 의식을 되찾은 손이 뒷머리를 잡아당길 것만 같았다.

따지고 보면 나쁘지 않은 수확이었다. 유우 눈물을 가져간다는 건 예원이 생각했을 때도 성공확률이 아주 희박한 목표였다. 그 대신 아빠가 미처 챙겨

가지 못한 유우의 손을 가져다준다는 건 괜찮은 결과물일 수 있었다.

유우 손을 아빠에게 보여주고 싶었다. 아빠를 속이고 A존에 온 것은 죗값을 치러야 하겠지만, 유우 손을 보면 분명 아빠가 용서해줄 거라는 근거 없는 확신이 생겼다. 서로 아무 말 하지 않았지만, 동하도 비슷한 생각을 하는 게 분명했다.

출몰지 B로 향하는 길은 A보다 험난했다. 눈밭이 끝나고 꽝꽝 언 얼음길이 시작됐다. 거기다 가파른 오르막길까지 모든 것이 최악이었다. 올라가려고 하면 할수록 자꾸만 고꾸라졌다. 계속해서 헛발질하면서 얼음 바닥을 짚고 위태롭게 섰다.

아이스바일과 빙벽화를 구해왔다면 지금보다는 훨씬 수월했을 테지만, 이런 언덕길이 있을 거라고 예원이 예상할 수 있을 리 없었다. 예원과 동하는 길모서리에 나 있는 나뭇가지를 붙들고 서로에게 의지하며 조금씩 위로 올라갔다. 누군가 한 명이 떨어질 위기에 놓이면 다른 한 명이 잡아주는 식으로 천천히 움직였다.

예원이 슬쩍 뒤를 돌아보았다. 길게 뻗어난 나뭇

가지들의 도움을 받다 보니 생각보다 높게 올라와 있었다. 아래에서 올려다볼 때보다도 훨씬 더 높은 언덕, 이대로 떨어진다면 다시는 올라올 엄두를 내지 못할 만큼 경사진 곳이었다.

힘을 주어 당기면 단숨에 끊어질 거라 생각했지만 A존의 나무들은 질기고 유연했다. 두꺼운 장갑을 낀 예원이 허공에 손을 뻗을 때마다, 다른 손으로 잡은 나뭇가지가 예원을 밀어 올려주는 듯한 느낌을 받기도 했다.

선두로 오르던 동하가 말했다.

"조금만 더 올라가면 언덕이 끝나나 봐."

"진짜? 다행이다. 팔이 끊어질 거 같아."

"그니까. 너무 춥기도 하고."

"조금만 버티자. 도착하면 쉴 수 있는 곳이 있을 거야."

"응. 올라가면 우선 먹을 거…."

그 순간이었다. 동하가 잡고 있던 나뭇가지가 끊어질 것처럼 위태로워지기 시작하더니, 동하마저 손발을 동시에 삐끗하고 말았다. 불길한 정적이 흐른 뒤, 동하는 아래에 놓인 예원을 향해 무서운 속도로 추락하기 시작했다. 위에서 떨어지는 무거운 몸에 충돌하려 할 때 예원이 재빠르게 반동을 주어 옆으로 피했고, 동하가 나뭇가지를 잡을 수 있게끔 왔다. 순식간에 일어난 일이었다.

예원이 다급한 숨소리를 내며 물었다.

"괜찮아?"

그때 언덕 아래로 무언가가 데굴데굴 굴러떨어지는 소리가 들렸다. 그건 예원 가방 안에 있던 유우 손이었다. 동하를 피하려 할 때 생긴 마찰에, 반쯤 걸쳐 있던 유우 손이 튕겨 나갔던 것이다. 두 사람은 허망한 얼굴로 저 멀리 떠내려가는 유우의 손을 바라보았다.

빠직. 예원이 잡고 있던 나뭇가지에 동하까지 매달리자, 나뭇가지는 아무리 유연해도 한계가 있다는 듯 움찔거리기 시작했다. 동하는 다급히 다른 나뭇가지를 향해 손을 뻗었지만, 결국 잡고 있던 나뭇가지가 끊어지고 말았다. 예원과 동하는 유우의 손을 따라 언덕 아래로 구르기 시작했다. 비명도 나오지 않았다.

예원과 동하는 부풀어가는 눈덩이처럼 한데 엮

여 언덕 아래를 향해 떨어지고 있었다. 그렇게 바짝 마른 풀잎과 흙이 잔뜩 쌓인 곳에 다다랐을 때, 밑에 숨겨져 있던 그물망이 두 사람을 감쌌다. 둘의 몸이 한순간에 공중으로 붕 뜨며 높이 올라갔다.

"으악!"

함정이었다. 의도적으로 설치된 장애물에 당한 것이다. 더 이상 미완성 기록에 의지할 생각은 없었지만, 유우 포획업자들끼리 합의 끝에 설치한 장애물이라면 분명 도감에 적혔을 텐데 아무런 언급도 없다는 점이 영 이상했다. 한편 유우 손은 그물망에 갇혀 둥둥 뜬 예원과 동하로부터 일정 거리 떨어진 곳에 덩그러니 놓여 있었다.

그때 동하가 신음을 냈다. 옆을 돌아보니 동하 허벅지에 뾰족한 고드름이 푹 박혀 있었다. 보기만 해도 전해지는 듯한 통증에 얼굴이 찌푸려질 정도였다. 동하는 고통에 이를 악물고서는 "으아!" 하는 소리와 함께 고드름을 단번에 빼내었다.

예원이 걱정스러운 표정으로 중얼거렸다.

"지혈은?"

"깊게… 박힌 건 아니라 괜찮아…."

동하는 도저히 쳐다볼 수 없다는 듯 고개를 완전히 숙이고는, 기어들어 가는 목소리로 말했다.

"미안해. 나 때문에…."

"내가 네 위치에 있었어도 똑같았을걸."

"……."

"그것보다 문제는 여기서 어떻게 나가느냐야. 너 작은 칼 있지? 그것 좀 꺼내봐."

동하가 겉옷 안쪽에 보관해두었던 작은 칼을 건넸고, 칼을 쥔 예원이 그물망을 끊어내기 위해 반복적으로 긁어대기 시작했다. 하지만 두껍고 단단한 밧줄은 그 정도로는 끊어질 생각을 안 했다. 보다 못한 동하가 자신이 해보겠다며 나섰지만 소용없었다.

내일이면 A존 입구에 도착할 삼촌을 생각했다. 최악의 경우 내일까지 이 그물망에서 벗어나지 못한다면 삼촌과의 약속을 지킬 수 없었다. A존 공중감옥에 갇혀 동하와 굶어 죽는 인생이라니. 해골이 되어서야 이 밧줄 틈을 통과할 수 있을 것이다. 유우를 직접 보기는커녕 집에 돌아가지도 못할 것이다. 무슨 일이 있어도 그럴 순 없었다. 하지만… 이리저리 발버둥을 쳐도 끄떡없는 이 장애물에서 어떻게 탈출할 수 있단 말인가?

그렇게 반나절이 지났다. 몸을 움직일 기력이 도통 나질 않았다. 녹초가 된 두 사람은 탈출을 잠시 포기하고, 밧줄에 머리를 기대어 쉬었다. 예원은 A존에 오지 않았다면 누리고 있을 고동저택에서의 평범한 일상이 떠올랐다. 눈을 뜬 아침에서부터 잠들기 직전까지의 장면을 그리고 있을 때쯤, 멍한 얼굴을 한 동하와 눈이 마주쳤다. 얼마 전까지만 하더라도 그렇게 미워하던 동하와 함께 이런 꼴이 되다니. 우스웠다.

정말로 이곳이 끝인지도 몰랐다. 그렇게 생각하자 이제는 고백할 수 있을 것 같았다.

"뭐 말해줄까?"

"뭐?"

"니 사실 여기 처음 와봐. 아빠랑 와봤다고 한 거 거짓말이거든."

태연한 척하는 예원의 목소리가 미세하게 떨렸다.

"속이려는 의도는 없었는데… 어쩌다 보니 그렇게 돼버렸어. 미안해."

그게 무슨 소리냐며 다그치는 동하의 목소릴 기

다리며 고개를 푹 숙였다. 뭐라 말하든 얌전히 받아들일 생각이었다.

그럼에도 동하는 아무런 반응을 보이질 않았다. 무슨 일인가 싶어 슬쩍 동하를 살폈지만, 예상과 달리 평소와 다를 것 없는 잠잠한 모습이었다.

예원이 의아한 듯 물었다.

"화 안 나?"

"응. 좀 놀랐을 뿐이야."

동하는 다시 추위가 찾아오는지 어깨를 웅크리며 말했다.

"너는 처음 온 건데도 이렇게 강하구나 싶어서."

"어?"

"모르는 길도 성큼성큼 앞서 나가고."

그러더니 예원을 바라보며 희미한 미소를 지었다. 동하의 눈빛엔 생각처럼 활약할 수 없는 데에서 오는 움츠러드는 마음과 예원을 향한 동경이 동시에 담겨 있었다. 사뭇 놀란 예원은 어떤 표정을 지어야 할지 몰라 시선을 회피했다.

"우, 우리 여기서 타, 탈출하면 더 올라가지 말고 입구로 돌아가자. 삼촌이 기다리고 있을 거야."

"알겠어."

그때였다.

쿵!

쿵!

어제처럼 무거운 움직임이었지만 다른 점이 있다면, 훨씬 더 가깝게 들렸다는 것이다. 유우였다. 유우가 이 근처에 있는 게 분명했다. 그물망에 묶인 이들을 으스러뜨리기 위해 기회를 노리고 있는지도 몰랐다.

묵직한 소리가 그들을 조여올 때, 나무 우거진 곳으로부터 인기척이 들려왔다. 화들짝 놀란 예원과 동하가 고개 돌려 숲을 바라보았다. 그 인기척은 유우의 발걸음 소리가 들려온 방향과는 달랐다. 아직 살아남은 유우가 여럿 되는 걸까? 이런 상황에서 유우가 여러 마리인 건 위험했다. 유우가 양쪽에서 달려든다면 수 한 번 써보지 못하고 그대로 즉사할 것이다.

식은땀을 잔뜩 흘리며 굴곡진 나무 사이를 응시했다. 그 틈으로 무언가가 꿈틀거렸고, 예원은 잘 쏘지도 못할 게 분명한 활을 꽉 쥐며 작게 떨었다.

조용히 정체가 드러나기 시작했다. 빛이 잘 통하지 않는 어두운 숲속에서 나타난 건… 유우가 아닌 사람이었다. 부스스하게 뽀글거리는 갈색 머리를 높게 묶은, 30대 중반쯤 되어 보이는 여자였다. 주근깨 난 얼굴 위로 잔뜩 금이 간 안경을 쓰고 있는 모습이 괴짜 같아 보였다.

여자는 뾰족하고 기다란 돌을 양손에 쥐고서 그들을 경계했다. 묶여 있는 예원과 동하보다도 겁에 질린 얼굴이었다. 긴장 섞인 정적이 한동안 계속됐다. 누구도 이 상황을 정확히 인지하지 못한 채, 어쩔 줄 모르는 얼굴을 할 뿐이었다.

그때 여자가 떨리는 목소리로 말했다.

"누, 누구세요?"

예원과 동하는 뭐라고 해야 할지 몰라 서로 눈을 마주쳤다.

"포획업자들이에요?"

머뭇거리던 동하가 운을 떼려 할 때, 예원이 툭 치며 막아섰다. 괜한 이야기를 할 필요는 없다고 생각했다.

답이 없는 공백 속에서, 여자는 혐오가 서린 눈빛

으로 중얼거렸다.

"유우를 죽이러 온… 사람들….”

정확한 발음과 힘 있는 목소리로 예원이 답했다.

"호기심에 왔다가 갇혀버린 거예요."

그러자 여자가 눈을 동그랗게 떴다.

"유우만 보고 가려고요. 여기서 빠져나가는 것 좀 도와줄래요? 내일은 꼭 떠나야 해서."

여자는 여전히 경계하듯 그들을 살펴보았다. 마르고 창백한 젊은 여자와 근육질의 젊은 남자. 그들의 눈빛이 여자가 알고 있던 포획업자들과는 확연히 다르다는 걸 느꼈는지, 찌푸린 미간을 천천히 풀었다.

"정말이죠?"

"정말이에요."

여자는 고민 섞인 숨을 내쉬더니, 그물망이 달린 나무 위로 올라갔다. 그러곤 익숙한 듯 장치를 해제하자, 곧바로 예원과 동하가 바닥으로 추락했다.

"윽!"

갑작스러운 충돌이 고통스러웠다. 아파하는 모습에도 여자는 크게 개의치 않는 모습이었다.

여자가 얼음 바닥에 쓰러진 그들에게로 다가왔다.

그리고 예원과 동하에게 손을 건네 자리에서 일어서는 걸 도왔다. 두 다리를 딛고 일어서자 고드름에 찔렸던 동하의 상처가 욱신거렸다. 다리를 빼고 앉아 있느라 잠시 무감각했던 고통이 잠에서 깨어난 것이었다. 피가 흐르진 않았지만, 고드름에 찔렸던 틈 사이로 보이는 허벅지가 퍼렇게 변해 있었다.

예원이 말했다.

"감사합니다."

"저는 진산화예요."

"아, 네… 저는 박예원이고 얘는…"

"박동하요."

"호기심에 왔다고 했죠? 어디에 소속된 건 아니고요?"

예원이 고개를 끄덕이고는 산화를 살폈다. 해진 옷을 아무렇게나 걸치고 있는 걸 보아 유우 사냥을 하러 온 사람처럼은 보이지 않았고, 게다가 폭탄 머리를 아무렇게나 묶은 꾀죄죄한 모습은 이제 막 자다 일어난 것 같았다.

산화가 말했다.

"전 유우 연구원이었어요. 지금은 아니지만…."

작은 연구소 '창'은 유우를 연구하는 유일한 곳이었다. 끝이 보이지 않는 본토의 고약한 날씨와, 유우에 관심 두기에는 먹고살기 바쁜 사람들 속에서 말이다. 창 연구원들은 색다른 발견으로 반드시 세상에 반향을 일으키겠다고 다짐하며 매진했고, 그들의 행보는 원활히 진행되는 듯 보였다.

그러나 창 연구원들의 순수한 열정만으로는 해결할 수 없는 것이 있었다. 자본의 문제였다. 유우의 구성요소, 소통 방법, 사회성 등을 밝혀내는 연구가 본토인들과의 연결성이 전혀 없는 탓에, 세간의 관심도는 한계점을 찍은 뒤 더는 상승하지 못했다. 창을 위태롭게 유지하던 남은 투자처마저 손을 거두면서 결국 창마저 생존을 위한 선택을 했다. 본토에서 건강식품으로 만들어 팔 만한 식물연구를 하기로 했던 것이다.

예원은 아빠가 작은 연구소 '창'에 대해 동료들과 이야기 나누는 걸 들은 적이 있었다. 그들의 연구는 유우를 포획하는 데 도움이 될 수도 있었겠지만, 창에선 유우를 '생명'으로 대우했으므로 아빠의 가치관과 맞지 않았다.

"연구원이요? 유우 연구는 오래전에 중지됐잖아요."
"…그렇죠."
산화가 들릴 듯 말 듯 작게 덧붙였다.
"그러니까 다 떠났고."
아빠는 창을 그저 유우를 구매하는 소비자 중 하나로만 생각했다. 창은 주로 거성상사를 비롯한 유우 포획업체가 파는 신체 부위를 구매했다. 위험한 A존에 직접 가기에는 그만한 예산과 인력이 따라주질 않았기에, 그 방법이 아니라면 연구 대상인 유우를 직접 마주할 수가 없었기 때문이다.

시간이 지나 아빠는 창 연구원들이 밝혀낸 얼마 되지 않는 사실들을 귀담아듣지 않았다. 직접 몸으로 부딪쳐 얻어낸 정보가 아니라는 이유에서였다. 창의 결과물은 안경잡이들의 이론일 뿐이라 말하던 아빠의 모습이 떠올랐다.

"그러면 유우를 실제로 본 적 있어요?"
"네."
산화가 씩 웃었다.
"본토에서 연구할 땐 시체로만 봐야 했는데 이곳에서 와서야 살아 있는 걸 볼 수 있었죠. 연구소가

망하기 직전에 마지막이라는 생각으로 소수 인원과 이곳에 오게 됐던 건데, 살아 움직이는 건 완전히 다르더라고요. 죽기 전에 볼 수 있어서 얼마나 좋았는지."

산화는 여전히 그 순간이 떠오르는 듯 히죽거렸다. 모두가 떠난 이곳에 홀로 남아 유우를 탐구할 만큼, 유우에 대한 강한 애착이 있는 듯했다.

"저희는 아직 못 봤어요."

"어머나. 실제로 보면 깜짝 놀랄 거예요."

"왜요?"

산화가 혼자만의 생각에 빠진 듯 광기 어린 미소를 지으며 중얼댔다.

"아름다우니까."

순간적으로 산화의 동공이 빙글빙글 돌아가는 것처럼 보였다. 유우 이야기를 할 때 풍기는 산화의 모습이 어딘가 기괴하면서 왠지 흥미롭기도 했다. 산발이 된 모습으로 히죽거리는 것이 꼭 만화 속에 나올 법한 미친 과학자 같았다. 무언가에 푹 빠지다 못해 실성한 사람 말이다.

둘이 이야기를 나누는 사이, 동하는 떨어져 있

던 유우 손을 예원의 가방 안에 묵묵히 집어넣었다.

환하게 웃음 짓던 산화의 입꼬리가 점차 제자리로 돌아왔다. 쿵. 또다시 찾아온 유우의 움직임 때문이었다. 이번에야말로 가장 가까운 곳에 유우가 있었다. 문제는, 소리가 들리는 걸 넘어 땅이 점차 흔들리기 시작했다는 것이다.

쿵. 쿵. 쿵. 쿵. 쿵. 쿵.

그건 걷는 게 아니었다. 유우는 그들을 향해 돌진하고 있었다!

유우가 보였다. 메탈처럼 반짝이는 옅은 회색 피부는 털 하나 없이 매끈했고, 홀로그램 같은 동공에, 무슨 생각을 하는지 도무지 알 수 없는 무표정을 하고 있었다. 위로 4미터 정도 되는 몸은 쇳덩어리처럼 무거운지 발을 내디딜 때마다 땅이 흔들렸다.

예원과 동하, 그리고 산화는 입이 떡 벌어진 채로 멍하니 유우를 바라보았다. 언제나 죽은 모습으로만 보던 존재가 눈앞에서 달려오고 있었다. 어둠 같은 유우의 동공은 어느 한 곳을 정확히 응시했다. 바로 그들이 서 있는 곳. 가까이 다가올수록 유우가 점점 더 커져 갔다.

산화가 감탄 어린 표정으로 말했다.

"배가…."

산화는 유우의 복부를 자세히 보기 위해 눈을 찌푸렸다. 복부가 동그란 모양으로 살짝 튀어나와 있는 게 아닌가? 하지만 계속 이렇게 있다간, 유우의 무거운 발에 짓눌려 장기가 이리저리 터질 것이다.

가장 먼저 정신을 차린 산화가 외쳤다.

"뛰어!"

여전히 예원과 동하는 얼이 나간 채로 서 있었다. 산화는 그들의 옷을 세게 잡아당기며 반대 방향으로 움직였다.

"얼른!"

그제야 둘은 산화를 따라 힘껏 달리기 시작했다. 나무가 얽힌 산속으로 들어가자 무릎까지 쌓인 눈밭이 나왔다. 좀 전까지만 해도 푹신한 침대 같았던 곳이, 발목을 잡는 지뢰밭처럼 느껴졌다.

유우는 무거운 몸으로도 꽤 빠른 속도로 그들을 쫓았다. 달리는 길에 놓인 나무와 돌은 전혀 문제가 되지 않았다. 신체 경화로 단단해진 유우의 앞길을 막을 수 있는 건 아무것도 없었으니까. 유우는 오로지 한 곳만을 바라보며 질주했다.

세 사람은 진동이 울리는 땅 위를 달렸다. 유우가 바짝 붙어 손을 뻗기 시작했다. 예원은 경악한 얼굴로 유우의 손길을 피하려고 안간힘을 썼다. 종아리가 터질 것만 같았다. 이 악물고 달리며 동하와 산화를 확인했다. 산화는 녹은 눈을 안경에 잔뜩 묻힌 채로 "아아악!" 같은 소리를 내고 있었고, 동하는 고드름에 찔렸던 다리를 절뚝였다.

조금만 있으면 유우에게 단숨에 제압당할 것 같았다. 그러자 동하는 예원과 산화가 먼저 갈 수 있도록 보내더니, 뒤를 돌아 유우에게 도끼를 겨눴다. 동하의 표정이 비장했다. 그 모습을 발견한 예원과 산화가 뛰던 걸 멈췄다.

"뭐 해! 빨리 와!" 예원이 소리쳤다.

그 소리에 반응할 생각이 전혀 없어 보이는 동하는, 몸을 살짝 낮추고 경계 태세를 갖췄다. 유우가 아주 가까이 다가왔을 때를 노리는 듯했다.

"박동하!"

동하가 아무리 건장하다 한들 저 도끼 하나로 정면승부 할 수 있을 리 없었다.

쿵. 쿵. 쿵. 쿵.

유우가 점점 더 가까이 다가왔고, 동하는 그런 유우를 노려보며 침을 꼴깍 삼켰다.

쿵. 쿵. 쿵. 쿵.

도끼를 쥐고 있는 손이 땀으로 축축했다. 유우가 눈앞까지 다가왔을 때 동하가 기합 소리를 내며 도끼를 휘둘렀고, 유우 다리에 상처를 냈다. 유우는 살짝 삐끗했지만, 곧장 도로 일어서서 달리는 걸 멈추지 않았다. 전혀 멈출 생각이 없어 보였다. 유우는 그대로 동하를 지나… 예원과 산화를 향해 달렸다.

"우리한테 오는데…?"

잠시 멈춰 서 있던 예원과 산화가 부리나케 다시 움직였다. 의아한 얼굴로 유우를 바라보던 동하는, 점점 심해지는 허벅지 통증에 얼굴을 구겼다. 그러나 멈추지 않고 유우의 뒤를 쫓았다.

예원과 산화가 조금 더 달리자, 눈 쌓인 숲이 끝나고 거대한 얼음 호수가 보였다. 호수 위는 공격적인 고드름으로 가득했는데, 길고 뾰족한 것들이 다닥다닥 붙어 있는 게 꼭 석영을 떠오르게 했다. 칼날 같은 고드름이 빛을 받아 번쩍였다. 저 사이를 가로질러야 한다니. 예원의 머릿속이 새까매졌다.

앞엔 얼음 호수가, 뒤엔 유우가 쫓아오고 있었다. 직진하는 수밖에 없었다. 예원은 산화와 눈을 마주치더니 마음을 먹은 듯 고개를 끄덕였다. 산화가 앞장서 걸었고 예원이 그 뒤를 따랐다. 칼날 같은 고드름에 베이지 않으려면 예민하게 움직여야 했다.

석영 속에서 조금 움직이다 보니 성공적으로 통과할 수 있을 것만 같았다. 예원의 마르고 작은 체구가 처음으로 빛을 보는 순간이었다. 가방끈이 고드름 칼날에 끼이기 전까진 말이다.

축축해진 가방끈이 차갑게 언 고드름에 달라붙어 떨어질 생각을 안 했다. 예원이 이를 악물고 가방을 잡아당겼지만 꿈쩍도 하지 않았다. 다시 유우가 보였다. 가방을 포기하고 도망쳐야 하는 걸 알면서도 발이 떨어지질 않았다.

'이제 와서 빈손으로 돌아갈 순 없어!'

양손으로 가방을 쥔 채 애쓰는 예원의 시야로… 유우 발끝이 보였다. 유우가 바로 코앞까지 와버린 것이다. 예원은 기겁한 채 천천히 고개를 들어 올렸다. 유우는 마치 가면을 쓴 것처럼 아무 느낌 없는 표정으로 예원을 내려다보고 있었는데, 아래에서 보는 유우의 얼굴은 한층 더 기괴했다. 머리로는 당장 도망치거나 가방에 고정해둔 활을 집어야 한다는 걸 알고 있었지만, 몸이 움직일 생각을 안 했다.

다리 사이로 오줌이 흘러내릴 것만 같았다. 예원은 유우의 툭 튀어나온 둥그런 배와 조금 전 동하가 낸 상처를 바라보았다. 이렇게 가까운 거리라면 어떻게든 유우를 공격할 수 있을 것 같았다. 운이 따라준다면 급소인 원더네트까지 얻어갈 수 있을지 몰랐다. 물론, 용기만 낸다면 말이다.

예원은 유우를 의식하며 천천히 팔을 뻗었다. 활과 화살집을 잡았을 때 유우가 움찔하는 게 느껴졌다. 드디어 무겁게 챙겨온 유일한 무기를 활용해볼 시간이었다. 예원의 심장이 요동치며 몸이 뜨겁게 달아올랐다. 있는 힘껏 활시위를 당기고는 한쪽 눈으로 유우를 응시했다. 거대상어에겐 쏘지 못했지만, 이번에는 해내겠다는 마음이었다.

그 모습을 지켜보던 산화가 양손으로 머리를 쥐어뜯으며 웅얼거렸다.

"유우를 해치지 마…."

예원은 어느 때보다 마음이 평온했다. 여태까지 활을 잡으며 겪어보지 못한 최고의 집중력이었다. 몸이 뜨거워졌던 것도 이내 다시 안정을 찾았다. 손을 놓기만 하면 화살이 세차게 날아가 그대로 유우 목을 관통시켜버릴 것이다. 유일하게 경화되지 않는 부위라 어려울 리 없었다. 이 정도 거리라면 충분히 가능했을 테지만, 잠시라도 방심하면 유우의 홀로그램 같은 눈에 한순간 압도당할 것 같았다. 예원은 애써 눈을 마주치지 않으려 했다.

그때 유우가 손을 뻗었다. 그 손이 향한 곳은 다름 아닌… 예원의 가방이었다. 마치 처음부터 원했던 건 그 가방이었다는 듯, 시선은 그곳에 머물러 있었다.

산화는 유우를 바라보며 도무지 이해할 수 없다는 얼굴을 했다. 멍하니 그 모습을 지켜볼 때쯤, 산화의 시야로 가방 위 삐죽 튀어나온 유우의 손가락이 보였다.

머릿속에 불이 켜진 듯 산화가 예원에게 소리쳤다.

"가방을 버려!"

그러자 놀란 예원이 산화를 쳐다보았고, 뒤쫓아

온 동하도 걸음을 멈추고 섰다.

"가방을 버리고 이쪽으로 와요! 안에 들어 있는 손 때문에 쫓아온 거니까."

어렵게 얻은 유우 손을 버려야 한다니. 예원은 섣불리 그럴 수 없었다. 유우를 마주한 것 이상의 수확을 본토로 가져갈 기회였으니 말이다. 유우가 고드름에 달라붙은 가방을 쥐었을 때, 예원이 가방을 붙잡았다. 몸이 덜덜 떨리는 것이 멈추질 않았다.

"안 돼…."

그러나 유우가 가방을 높게 들어 올리자, 허무할 정도로 자연스레 손을 뗄 수밖에 없었다. 가방을 챙긴 유우는 깊은 숲속으로 사라졌다. 예원은 다리에 힘이 풀려 주저앉은 채로, 유우가 보이지 않을 때까지 그 뒷모습을 바라보았다.

# 5

## 문 너머의 비밀

 엄마의 장례식을 치르고 난 다음 날이었다. 예원은 방 안에 틀어박혀 구인 정보가 담긴 종이신문을 계속해서 체크하며 전화를 걸고 있었다. 대체로 이미 구했다는 회신이 대부분이라, 근무 조건은커녕 공고가 떠 있기만 하다면 기계적으로 연락하는 지경에 이르렀다.

 아빠에게 말할 수 없는 것만 아니라면 어떤 일이든 빨리 시작하고 싶었다. 아빠는 아무 말 하지 않았지만, 예원은 집에 널브러진 백수 같은 모습을 아빠에게 보이고 싶지 않았다.

예원도 처음부터 스스로에게 의미 없는 일을 전전했던 건 아니었다. 십 대 중반에 고혈압과 발화 현상으로 양궁선수를 그만둔 이후, 열아홉이 끝나가던 때 고향 친구를 따라 수도에 상경하여 무언가를 공부하려고도 했었다. 그러나 아무리 생각해도 공부는 영 예원의 적성에 맞지 않았고, 역시나 결과를 내지 못할 게 분명했으므로 돈 갉아먹는 벌레가 되어 눈칫밥만 늘어날 게 뻔했다. 무엇보다도 아빠가 거성상사 업무를 자신에게도 내려주길 바라던 마음이 컸다.

아무리 선풍기를 틀어도 머리칼과 옷소매가 쩍쩍 몸에 달라붙었다. 냉수라도 한 잔 들이켜고 싶었다. 문을 열고 1층으로 향하는 계단을 내려가려던 때, 어딘가에서 희미한 바람이 불어와 예원의 볼을 스쳤다. 무심코 바람이 불어온 곳을 돌아보았더니, 그곳엔 엄마이 방문이 있었다.

예원은 천천히 2층 복도를 걸었다. 엄마 방은 빛이 잘 들지 않는 복도 맨 끝에 있어, 어둠 속으로 들어가는 기분이었다. 발걸음을 내디딜 때마다 들리는 나무판자의 삐거덕 소리만이 들렸다.

빽빽한 문손잡이를 돌렸다. 잠길 리가 없는데도 단단히 굳어 열릴 생각을 안 했다. 몇 번을 더 돌리다 결국 힘을 주어 문을 세게 들이밀었고, 그제야 잠들어 있던 먼지와 함께 엄마의 방문이 열렸다.

예원은 조심스레 문지방을 넘었다. 두 발을 모두 안으로 들이고서 바보 같은 얼굴로 방 안을 두리번거렸다. 이 집에서 태어나 지금껏 자라왔지만, 겉으로만 보던 이 방을 자세히 들여다볼 수 있는 건 처음이었기 때문이다.

내부는 단조로웠다. 예원의 것과 별반 다를 게 없는 침대와 작은 장식장, 그리고 그 위에는 탁상거울이 하나 놓여 있었다. 너무나도 평범했다. 한 가지 눈에 띄는 게 있다면 정원 쪽으로 나 있는 작은 창문이었는데, 예원이 정원에서 줄곧 올려다보던 엄마의 모습은 주로 이 창문 앞에 선 엄마였으리라. 창문 앞에 달린 자수 패턴 커튼을 보며, 방 안에서 하릴없이 자수를 놓았을 엄마의 모습을 떠올렸다. 장식장 앞에 놓인 저 흔들의자에 앉아 온갖 종류의 천과 실 달린 바늘을 만지작거렸겠지.

예원은 이내 창가로 다가가더니, 닫혀 있던 창문

을 살짝 열어 바람이 지나갈 틈을 만들었다. 엄마가 잠시 증발했을 뿐이라고 생각하면서도 잠든 방에 숨 쉴 틈을 주고 싶은 마음이었다.

살포시 침대 위에 앉았다. 당장이라도 드러누워 이불에 얼굴을 박고서 한껏 숨을 들이마시고 싶었지만, 어린아이 같은 생각은 참기로 했다. 가만히 앉아 멍하니 허공을 응시했다. 정처 없이 떠돌던 예원의 시선은 정면에 놓인 낡은 서랍장에 닿았다. 주인 없는 방의 서랍장을 건드린다는 건 일기장을 훔쳐보는 것과 비슷한 일이었지만, 예원은 이미 들어 차버린 호기심을 멈출 수가 없었다.

서랍장으로 뻗는 손이 긴장에 떨렸다. 러시아 인형처럼, 방보다도 한 단계 더 깊은 곳을 파고드는 기분이었다.

서랍장은 다섯 층으로 구분되어 있었다. 먼저 첫 번째 칸을 열었다. 드르륵하는 마찰음과 함께 나타난 건 속옷과 옷가지들이었다. 둘째 칸도, 셋째 칸도 연달아 열어보았지만, 그저 일상의 흔적들뿐이었다. 자수를 놓은 천과 옷가지로 차 있던 마지막 칸도 마찬가지였다. 모든 사람이 유령이라 부르는 엄마는,

방 안에 있을 때만큼은 누구보다도 평범한 일상을 보냈을지도 모르겠다고 생각했다.

그렇게 서랍장을 닫으려는 순간, 천 사이로 비죽 튀어나온 무언가가 눈에 띄었다. 그게 무엇인지는 알 수 없었지만… 서랍장에 가득한 일상의 흔적들과는 분명 다르다는 걸 예원은 눈치챘다.

가방이었다. 인공가죽에 지퍼가 달린 그 가방은 품에 들어오고도 충분히 남을 정도의 작은 크기였다. 손잡이엔 엄마가 수놓았을 꽃 모양 자수천이 묶여 있었는데, 주인이 누구인지 말하기라도 하는 듯했다.

예원은 서랍 속에서 가방을 꺼내 방바닥에 앉았다. 떨리는 마음으로 심호흡을 한 뒤 가방을 펼쳤고, 그 안엔 씨앗으로 채워진 여러 유리병과 작은 휴대용 금고가 담겨 있었다.

먼저 유리병을 살폈다. 어떤 씨앗인지 정확히 알 순 없었지만, 그 안에 담긴 모든 씨앗이 똑같은 생김새인 걸 보아 모두 같은 종이라는 걸 추측할 수 있었다. 엄마가 원예에 관심이 있었던가? 생각지 못한 씨앗의 등장에 여러 기억을 더듬어보았지만, 아무

단서를 찾을 수 없었다.

엄마가 왜 이런 씨앗을 서랍 속에 숨겨두었을까? 아무 생각 없이 보관했다기엔 영 이상했다. 그저 아무개에게 선물 받았거나, 중요하지 않은 것이었다면 이렇게 깊숙한 곳에 고이 보관해두진 않았을 것이다. 숨긴다는 건 들키고 싶지 않은 대상이 집 안에 있다는 것일 텐데⋯.

예원은 손에 쥔 씨앗 병을 가만히 바라보았다. 그때 머릿속을 스쳐 지나가는 건, 아빠였다. 이 집에서 엄마가 무언가를 숨길 만한 대상은 아빠밖에 없었을 것이다. 그러면 아빠에게 이 씨앗을 왜 숨기려 했을까? 또, 이건 어떤 작물의 씨앗일까?

복잡한 생각들이 한꺼번에 쏟아져 들어왔다. 예원은 한참을 골똘히 생각했다. 씨앗을 두고 상상의 마인드맵을 그려보던 그 순간, 《유우도감》에 적혀 있던 문상이 떠올랐다.

'유우의 주식은 산자나무 열매다.'

어쩌면 병 안에 들어 있는 건 산자나무 씨앗일 수도 있겠다는 가능성이 피어올랐다. 산자나무는 높은 기온 탓에 본토에서는 정상적으로 자라지 못했다. 그런데 엄마가 산자나무 열매를 눈에 띄지 않는 곳에 보관해두었다는 건, 아마도 유우 혹은 A존과 관련된 것일 테다. 만약 엄마가 이 씨앗을 A존에 심기 위해 그곳으로 향했던 거라면….

복잡한 생각들이 예원 몸 구석구석까지 퍼져가던 것도 잠시, 씨앗 병 옆에 놓인 금고 상자가 눈에 띄었다. 예원이 상자를 열어보려 했지만 자물쇠는 제 역할에 충실했다. 상자를 귀 옆에 대고 흔들어보자, 무언가 상자 벽과 마찰을 일으키는 듯한 덜그럭거리는 소리가 났다.

그 순간, 예원이 위기를 느낀 사슴처럼 귀를 쫑긋거렸다. 자수 커튼 앞으로 부리나케 다가가 창문 너머로 정체를 확인했다. 정원 쪽 대문이 열리며 누군가 들어오고 있었다. 깜깜한 밤이었지만 너무나도 익숙한 실루엣이었다.

아빠였다. 술에 잔뜩 취해 몇 번이나 휘청거리며 집을 향해 걸어오고 있었다.

예원은 엄마 물건을 재빨리 서랍장에 집어넣었다. 누구도 알아차리지 못할 만큼 살짝 눌린 이불까지 편 뒤, 소리 죽여 그곳을 빠져나왔다.

아빠가 집으로 들어오기 전에 얼른 방으로 돌아갈 생각이었다. 조용한 밤, 서로가 깨어 있는 걸 의식하며 아무 말 하지 않는 것만큼 괴로운 일은 없었다. 예원은 그 순간을 피하기 위해 경보로 복도 위를 달렸다.

예원이 자신의 방문 앞에 도착하기 직전, 현관문이 열렸다. 예원은 아빠가 침실이나 서재로 들어가길 기다렸지만, 애석하게도 거실 소파에 앉은 듯했다. 예원은 계단 사이로 고개를 내밀어 1층 거실을 내려다보았다. 아빠는 이마에 손을 짚고서 반쯤 누운 채로 소파에 앉아 있었는데, 굳어버린 동상처럼 자세 한 번 바꾸지 않고서 그 모습 그대로 멈춰 있었다.

아빠가 술기운에 잠들었을 수도 있겠다고 생각했다. 아무리 술을 진탕 먹고 소파에서 잠든다 한들, 아빠라면 언제 그랬냐는 듯 다음 날 아침 7시에 칼같이 출근하겠지만 말이다.

그 틈을 타 다시 방으로 들어가려던 때였다. 그러자 기다렸다는 듯 아빠의 숨소리가 들렸다. 그 숨소리는 점점 고조되더니 흐느낌이 되었다. 울음을 삼켜내려고 하면 할수록 더욱 터져 나왔다. 다른 사람도 아닌 아빠의 낯선 숨소리를 듣는 건, 절대 알고 싶지 않은 끔찍한 비밀이었다.

당장 방으로 들어가고 싶었다. 그러나 예원이 움직이면 미세한 나무 바닥이 삐걱거릴지도 몰라 도무지 용기가 나질 않았다. 보이지 않는 끈에 손발이 묶여서는 아빠의 울음소리를 듣는 고문을 당해야 했다. 예원은 양손 검지로 귀를 꾹 누르고는 마음속으로 간절히 외쳤다.

'제발 그만!'

아빠는 한참 동안 아이처럼 울었다. 그리곤 언제 그랬냐는 듯 헛기침을 몇 번 하더니 자리에서 일어나 안방으로 향했다. 아빠 방문이 열리고 닫히는 소리가 들렸고, 그제야 해방된 예원은 몸을 감싸던 투명 끈을 겨우 풀어낼 수 있었다.

# 6

## 유우도감

 산화가 자신이 머무는 곳으로 두 사람을 초대했다. 설산의 가파른 절벽을 타고 깊게 들어가야 나오는 비밀스러운 아지트였는데, A존 지도에는 없는 곳이었다. 예원은 산화 뒤를 말없이 따라가며 유우와 마주쳤던 장면을 떠올렸다. 유우에게 빨려 들어가기라도 할 것 같았던 그 순간을.

 "이쪽이에요."

 설산 절벽 끝자락에 난 동굴이 산화의 집이었다. 동굴 안으로 들어온 예원과 동하는 동그란 눈을 하고서 내부를 살폈다. 작지만 아늑한 공간이었다. 한

쪽 구석엔 수많은 종이와 서적들이 질서 없이 쌓여 있었는데, 모두가 떠난 뒤에도 이곳에 홀로 남아 유우를 연구하던 흔적들일 것이다. 산화는 지저분한 꼴을 내보이는 것이 머쓱한 듯 머리를 긁적였다. 널브러져 있는 음식 포장지와 말린 속옷들을 곧장 집어 구석에 재빨리 던져버렸다.

"아… 누군가 온 건 처음이라."

예원은 높게 쌓인 종이탑 중, 가장 위에 놓인 한 장을 슬쩍 들여다보았다. 유우를 도식화해 그린 그림이었다.

산화가 부끄러운 듯 부서진 안경을 치켜올리며 말했다.

"아, 그건 보지 않는 게 이로울 듯한데요… 아직 제대로 정리된 것도 없고 자료들도 많이 없어져서…."

예원은 알겠다는 듯 종이를 내려놓았다. 이후, 산화는 안쪽 자리에 작은 불을 피우기 시작했다.

"앉아요, 앉아. 유우가 여기까지 온 적은 한 번도 없으니까."

예원과 동하, 산화는 불을 둘러싸고 앉았다. A존에선 기대하지 못했던 아늑함에 따뜻한 불까지 더해

지자, 억누르던 피로가 물밀듯 몰려왔다. 그들은 몸을 녹이며 잠시 아무 말도 하지 않은 채 가만히 앉아 있었다.

그러자 잊고 있던 허기도 찾아왔다. 정신없는 하루를 보내느라, 아침에 먹은 수프 말고는 아무것도 먹지 못했다는 걸 깨달았다. 동하가 챙겨온 음식을 꺼내 가방을 잃어버린 예원에게도 나누어 주었다. 그 모습을 지켜보던 산화가 큼큼거렸다. 손에는 말라비틀어진 포장 음식을 쥔 채였다.

"저기, 저도 하나만 좀 주시면 안 될까요…."

"손에 들고 계신 건 음식 아닌가요?"

동하가 악의 없이 물었다.

"맞는데… 전 식량이 떨어질 때까지 여기에 있고 싶거든요. 다 떨어지면 본토에 갔다 다시 돌아오면 될 텐데 배도 사라져서… 어떻게 해야 할지는 모르겠지만, 어쨌든 그쪽은 내일 떠날 거잖아요… 음식도 남았고…."

산화의 말이 맞았다. 내일 떠날 예정인 동하의 가방에는 음식 여유분이 좀 더 들어 있었다. 잠시 뒤 동하는 알겠다는 듯 별말 없이 음식을 건넸다. 그러자 산화가 입꼬리를 올리며 웃었는데, 미소 짓는다는 것 자체가 어색한 사람 같았다.

"헤."

바게트를 한 입 크게 뜯어 먹으며 동하가 물었다.

"만약 음식이 다 떨어지면 어떻게 하시려고요? 배도 없으면요."

"글쎄요. 뗏목을 만들든지… 나뭇잎을 뜯어 먹든지… 아니면 여러분들이 다시 돌아오셔도 좋고…."

산화가 히죽거리며 말을 이었다.

"차라리 유우가 되고 싶어요. 산자 열매만 먹고 살 수 있게. 채식 인간이 되는 거죠."

예원이 재밌다는 듯 산화를 바라보았다.

'유우가 된다니.'

우스갯소리겠지만, 만약 정말 유우가 된다면 그건 어떤 삶일지 순간적으로 떠올려보았다. 유우는 A존의 추위에 전혀 영향을 받지 않는 듯했으므로, 기온 자체는 거뜬히 버텨낼 수 있을 것이다. 그렇게 산자 열매를 뜯어 먹으며 외로움에 사무칠 것이다. 자신이 얼마 남지 않은 종의 개체라는 사실을 받아들이며.

동하는 딱딱하게 굳은 빵으로 배를 채우며 허벅지 상처를 살폈다. 전보다도 더 푸르게 변해 있었는데, 그 상처를 중심으로 다리가 점점 더 굳는 듯했다. 예원이 슬쩍 동하를 바라보자, 동하는 다리를 천천히 펴며 입술을 악물었다.

한편, 산화는 빵을 허겁지겁 먹고 있었다. 행복이 가득 찬 얼굴로 감탄을 내뱉었다.

"하! 이 살아 있는 밀가루의 맛. 정말 오랜만에 먹는 빵이군."

그러곤 목이 막혀 캑캑댔지만 금세 해결하고는 다시 우물거렸다.

예원은 여전히 동굴 안에 놓인 기록물들에 자꾸만 시선이 갔다.

"이것들… 다 혼자 하신 거예요?"

"혼자 한 것도 있고, 같이 한 것도 있고."

"여기 온 지 얼마나 됐어요?"

"한… 몇 달 된 거 같은데… 몰라요, 정확히는. 저쪽 뒤져봐야 하거든."

"애초부터 몇 달 먹을 음식을 가져오신 거구나."

"거기다 도망친 동료들 것도 있었으니까. 지금은

그것도 거의 다 먹어 치웠어요."

"저기 그런데… 본토는요? 가족이나 친구들이 찾거나 그러진 않아요?"

그 질문에 산화가 잠시 멈칫하고는, 할 말을 찾는 듯 우물쭈물하였다.

"아, 궁금해서 저도 모르게. 답 안 하셔도 돼요."

산화는 전혀 개의치 않다는 듯 어깨를 으쓱했다.

"본토에서 날 기다리는 사람은 아무도 없어요. 다 죽었거든요. 누가 있다고 한들 저는 여기에 남을 거예요. 습하고 더러운 본토에 묻히는 것보단 훨씬 나을 테니까."

잠시 정적이 흘렀다.

"난 이곳에서 유우에 대한 모든 걸 알아낼 거예요. 마녀 같은 할머니가 돼서 죽을 때까지."

산화가 낄낄거리며 웃었다.

예원은 빵을 허겁지겁 먹는 산화를 가만히 바라보았다. 유우의 모든 걸 밝혀낸다 한들 아무도 알아주지 않을 테고, 본토 사람들은 박수치기는커녕 쓸데없는 짓 한다며 혀를 찰 것이다. 평생을 바쳐 정리한 유우의 기록문서가 애초에 이 세상에 존재하지도 않았던 것처럼 A존 눈밭에 처박힐 수도 있었다.

예원은 본토에서의 삶을 버리고 이곳에서 새로운 여정을 시작한 산화가 경이롭게 느껴졌다. 도대체 누가 이런 선택을 할 수 있단 말인가? 거기다 아무도 관심 두지 않는 대상에 평생을 바치는 마음 기저에는, 대단한 목표보다도 순수한 호기심이 크게 자리한 듯했다.

충격에 사로잡혀 있던 예원이 물었다.

"그런데 가방은 왜 가져갔을까요?"

"그 안에 있는 걸 원했으니까요."

"……."

"죽은 유우의 손이요. 마지막 남은 유우가 죽은 유우들의 흔적을 모으는 것 같더라고요."

"잠깐만. 마지막 남은 유우라면, 이제 유우가 단 한 마리뿐이라는 거예요?"

"몰랐어요? 아까 봤던 걔가 마지막 유우예요."

유우가 멸종위기에 놓여 있다는 건 알고 있었지만, 유우가 단 한 마리뿐이라니. 예원이 놀라 동하를 바라보자, 동하도 전혀 몰랐던 눈치였다. 아빠는 이 사실을 알고 있을까?

산화가 계속해서 말했다.

"어쨌든, 마지막 유우가 동료들의 시체 부위들을 모으고 있어요. 정확한 방식은 모르겠지만… 그 조각들을 모아 장례를 치르는 거 같아요. 포획자들이 죄다 쓸어가다 보니 마지막 유우도 그 손이 간절했겠죠."

예원은 가방을 손에 넣기 위해 돌진하던 마지막 유우의 모습을 떠올렸다.

"워낙 몸이 커서 공격적으로 느껴질 뿐이지, 보통 유우가 먼저 공격을 하진 않거든요. 접촉 자체를 먼저 시도하지 않을 거예요. 그러니 얼마나 싫겠어요? 자길 노리고 이곳에 찾아오는 인간들이. 본토 사람들은 유우가 A존의 다른 생물들을 몰살했다는 음모설을 퍼뜨리던데, 바보 같은 소리예요. 애초에 다른 생물이 존재했던 흔적이 전혀 없다고요."

산화는 무언가에 홀린 듯 주술사처럼 중얼거리기 시작했다. 어딘가 나사가 빠진 것 같은 모습이었다.

"모든 생명의 존속은 우연이 빚어낸 결과거든요. 필연의 산물이나 예측 가능한 건 아무것도 없어요. 그러니까, 덥고 습하기만 한 본토에 눈이 내리지 말란 법이 없는 거예요. 그러면 유우가 A존을 벗어날 방법을 찾아 본토로 향할지도 모르고요. 그렇게 또 한 번 혼란이 찾아오는 거죠. 참 재밌지 않나요? 종의 번성은 자연 외엔 어떤 의도와도 관련이 없다는 게, 수억 개의 우연과 이별로 만들어진다는 게….”

산하는 말을 하다 말고 씩 웃었다. 망가진 안경이 코 위에서 꿈틀거렸다.

그때 동하가 단호한 어투로 말했다.

"그럴 가능성은 적어 보여요. 적어도 우리가 살아 있을 때는요.”

동하는 유독 산화에게 동조하기 싫은 눈치였다.

"그럴 수 있죠. 하지만 지금 본토는 영 위태로워요. 영원한 포식자는 없고요. 천적이 없다는 건 개체로 보면 평화지만 종의 운명으로는 독에 가까우니까. 본토를 둘러싼 바닷물도 정상적이진 않을 거예요.”

잡는 생선마다 모두 죽어 있었다는 삼촌의 말이 떠올랐다. 곰곰이 생각하던 예원이 물었다.

“유우가 A존을 나오고 싶어 하긴 할까요?”

“그건 몰라요. 유우한텐 아직 A존을 벗어날 이유

가 없으니까. 지금의 본토는 더럽기만 하잖아요."

그러더니 산화는 우연히 첫사랑을 마주치기라도 한 듯 설레는 표정을 지었다.

"그래도 오랜만에 유우를 봐서 좋았어. 더 가까이서 볼 수 있다면 얼마나 좋을지."

그리고 예원에게 물었다.

"아까 엄청 가까이서 봤죠? 어땠어요?"

예원이 적당한 답을 찾기 위해 머뭇거렸지만, 산화는 전혀 신경 쓰지 않고서 유우에 관한 혼잣말을 끊임없이 중얼거렸다. 아주 심각하면서 동시에 굉장히 재밌는 일이 벌어졌다는 듯이 말이다.

"임신을 한 거야. 분명히 임신을…."

산화가 미소 지었다.

"마지막 유우가 또 다른 유우를. 마지막 Z가 A로, 새로운 A가 나뭇가지를 타고 또다시 Z에게로…."

"배가 볼록 튀어나와 있던 거 얘기하는 거죠?"

"네. 단성생식을 하는 포유류라니!"

산화는 알고 있는 사실임에도 여전히 믿을 수 없다는 듯 외쳤다.

유우의 단성생식이 이루어지는 시점과 관련해서

는 밝혀진 바가 없다고 산화가 말했다. 잉태가 이루어지는 시기가 자의로 찾아오는 것인지, 아니면 자연적인 타의에 의한 것인지를 알아내기에 절단된 시체 일부는 전혀 도움이 되질 못했다.

"요즘은 포획업자들이 잘 오지 않더라고요. 개체가 얼마 없다는 걸 눈치챈 것 같아요. 완전한 멸종까지의 시간을 조금 번 거죠. 그 인간들, 목표물에 대한 집념이 워낙 거머리들 같아서."

산화가 코끝으로 내려간 안경을 치켜올렸다. 그리곤 "아, 참." 하더니 자리에서 일어났다. 구석에 있던 박스를 뒤지더니 그 안에서 작은 유리병을 꺼내 들었다. 오래전부터 누군가에게 자랑하고 싶었는지, 기대감이 들어찬 얼굴이었다.

"산자 열매예요."

예원과 동하는 산자 열매가 담긴 유리병을 하나씩 건네받았다. 투명한 유리병 안엔 주홍빛 산자 열매들이 가지 채로 담겨 있었다. 호기심 가득한 눈으로 병 안을 살펴보던 예원이 물었다.

"먹어봐도 돼요?"

"네. 비타민이 많거든요. 특히 비타민 C. 그런데

열매가 워낙 액체로 이루어져 있어서 먹기는 좀 힘들 거예요. 열매 주변에 있는 잔가시 때문에 잘 터지기도 하고. 유우들은 가지째로 씹어 먹더라고요."

예원이 병뚜껑을 열었다. 병 안에 손을 집어넣고 열매 하나를 떼어내자, 금방 톡 터지면서 액체가 되어 흘러내렸다. 처음 발견했을 때처럼 산자 열매는 여전히 예민했다. 결국, 유우의 방식을 따라 열매를 가지 채로 입안에 집어넣었다.

천천히 맛을 보던 예원은 알쏭달쏭한 표정을 지었다. 열매 자체는 색다른 신맛이 돌았지만, 나뭇가지에서 오는 떫은맛에 눈썹을 찌푸렸다. 왠지 산자 열매를 더 맛있게 먹을 방법이 분명히 있을 것 같았다. 풍선 같은 열매를 한 데에 모아 설탕이나 꿀로 청을 만들면, 빵에 발라먹거나 차를 마실 수 있을 것이다. 혹은 산자나무에 자란 잎사귀를 활용할 수 있을지도 몰랐다.

산자나무를 처음 봤을 때부터 맛이 궁금했던 터라 몇 번을 더 먹어보며, 이걸로 어떤 요리를 할 수 있을지 곰곰이 생각했다.

"너도 먹어봐."

예원이 동하에게 말했다.

그러나 동하는 몇 차례의 권유에도 끝까지 고개를 저었다. 동하는 산자 열매에 대해 토의하는 예원과 산화가 다른 세상에 살기라도 하는 것처럼 멍하니 바라볼 뿐이었다.

깜깜한 밤, 식사를 마친 세 사람은 잠자리에 들 준비를 했다. 가방을 잃어버린 예원에겐 몸을 뉠 침낭도, 혈압약도 없었다. 유우가 떠난 자리에 놓여 있던 활과 화살뿐이었다. 점점 예원에게로 불안감이 스며들었다. 이 정도로 긴 시간 동안 혈압약을 먹지 않았던 적이 한 번도 없었기 때문이다. 날이 밝자마자 부지런히 집으로 돌아가야겠다고 생각했다. 삼촌이 있는 곳까지 무사히 도착할 수 있기만을 바랄 뿐이었다.

동하가 자신의 침낭을 건넸지만 예원은 거절했다. 동하가 훨씬 더 추위를 잘 타기도 했고, 다리 부상에 괴로워하는 게 영 마음에 걸렸다. 계속해서 다리를 주무르면서도 동하는 상처에 관해선 그 어떤 말도 하지 않았다. 아프다는 투정도, 그때 그렇게 자세를 취하고 있지 않았더라면 이런 일은 없었을 거라는 둥 하는 후회도 없었다.

산화가 옆자리에 예원을 끼워주기로 했다. 모닥불이 조용히 타닥거리는 소리가 동굴 안을 채웠다. 예원은 산화와 등을 대고 누워서는, 낡고 냄새나는 작은 이불을 반절씩 나눠 덮었다.

그렇게 잠을 청하려던 예원의 시야로, 동굴 한쪽을 가득 채운 수많은 자료가 눈에 띄었다. 이 동굴에 발을 디디는 순간부터 꾹꾹 눌러왔던, 그것들을 살펴보고 싶다는 충동이 한순간에 들어찼다. 예원은 반쯤 몸을 일으켜 산화를 들여다보았다. 숱 많은 폭탄 머리에 파묻혀 잠들어 있었는데, 안경을 벗고 입 벌린 채 잠든 모습이 영락없는 아이 같았다.

예원은 가장 가까이에 놓인 노트를 집었다. 종이가 살짝 젖었다 마른 것처럼 뻣뻣했다. 공기와 액체에 무방비한 상태여서, 이 많은 기록물이 방치에 가까운 방식으로 보관되고 있었다. 어느 부분은 커다란 투명 봉지로 덮여 있긴 했지만 말이다.

노트는 굉장한 악필로 가득 차 있었다. 마구 휘갈긴 지렁이 같은 글자들은 알파벳인지 한글인지 헷갈리게 했다. 유우를 형상화한 그림과 그에 대한 설명이 수두룩하게 적힌 노트를 한 장씩 넘겼다. 예원은 그게 무슨 내용인지는 정확히 알지 못했지만, 단 한 가지 확신할 수 있었던 건 노트에 담긴 순수한 애정이었다.

지금 이 순간만큼은 이곳에 자기 가방이 없다는 것이 다행스러웠다. 그 안엔 아빠의 망가진 《유우도감》이 있었으니까. 죽음과 피의 향으로 가득 찬 책자 말이다.

다음으로 그 옆에 있는 노트를 펼쳤다. 다행히도 첫 번째 노트보다는 알아볼 수 있는 단어들이 꽤 있었는데, 특히나 원더네트에 관련된 설명이 눈에 띄었다. 예원이 알고 있는 유우의 특수 혈관조직 원더네트에 대한 정보는, 유우의 핵심 장기이자 가장 값비싼 부위라는 것이었다. 유우 전신의 혈액을 조절하는 원더네트가 제거된다면 유우는 1분 이내 즉사할 수 있다는 게, 예원이 알고 있는 원더네트의 전부였다.

그러나 산화의 두 번째 노트에는 조금 다르게 적혀 있었다. 심장으로부터 흘러들어오는 동맥은 원더네트를 거친 후 뇌로 향할 수 있었고, 이 중간 장치를 통해 높은 혈압이 완화될 수 있다는 것이다. 또, 원더네트는 유우가 이 혹독한 추위에도 잘 적응할 수 있는 이유이기도 했다. 정맥피와 동맥피의 온도를 적절히 유지해줬던 것이다.

그 아래에는 모세혈관 다발인 원더네트 그림이 있었다. 삼색 볼펜으로 대강 색을 칠해둔 모양은 엉성했지만, 원더네트를 묘사하기에는 부족함이 없어 보였다. 비싼 원더네트를 짧은 기간 대여할 수밖에 없던 탐구자의 발버둥이기도 했다. 그건 원더네트의 상업적 가치와는 전혀 관련 없는 것이었다.

예원은 목뒤를 만져보았다. 내게도 원더네트가 있다면 혈압약 같은 건 챙겨 먹지 않아도 될 것이다. 목에 원더네트가 있었으면 좋겠다는 말도 안 되는 상상을 하며 목뒤를 쭈물거렸다.

두 번째 노트를 쭉 훑었다. 원더네트를 시작으로 유우의 다양한 신체정보들이 새로운 관점으로 담겨있었다. 예원이 알던 것과는 다른 방식으로.

산화의 노트 속에서 유우는 생명이었다. 괴물도, 돈이 되는 장기도 아닌 살아 숨 쉬는 생명체. 대지진이라는 혼란 속에서 태어난 또 다른 인간으로 노트

속에서 살아 있었다.

아빠의 자부심이 스며든 《유우도감》이 보잘것없이 느껴졌다. 새로운 《유우도감》을 만들고 싶다는 마음이 또 한 번 예원을 가득 채웠다. 사방으로 흩어진 것들을 정리하고 싶었다. 이 동굴 안에 있는 자료들을 소중히 보관하고, 나열해 조합하고, 순서를 부여하면서. 그들을 둘러싼 미지의 혼란을, 현실이라는 땅에 안착시키고 싶었다. 아주 오랜 시간이 걸릴지라도 포기하지만 않는다면 끝끝내 완성할 수 있지 않을까? 물론 산화의 도움을 받는다면 말이다.

가슴이 두근거렸다. 그건 처음으로 자신이 무언가를 해낼 수 있을지도 모르겠다는 희망에서 터져 나오는 박동이었다.

동굴은 외부에 비해 꽤 아늑했다. 새로운 에너지가 봄을 가득 채우자 차가운 공기를 쐬고 싶어졌다. 잠시 바깥에 다녀올 생각으로 자리에서 일어났지만, 이내 멈칫하고 섰다. 혹시라도 혼자 있을 때 유우를 만날지도 모른다는 두려움 때문이었다.

산화의 말에 따르면 유우는 사람 근처에 먼저 나타나지 않고, 먼저 공격하지도 않으며, 이 동굴 근처에 유우가 돌아다닌 적이 없다고 했다. 그럼에도 선뜻 무방비 상태로 나가기엔 용기가 나질 않았다. 낮에 유우로부터 도망치던 기억이 아직도 선명했으니까…. 끝내 예원은 활과 화살, 그리고 동하의 손전등을 챙긴 뒤 동굴을 나섰다.

동굴 입구 좌측엔 이곳에 처음 올 때 걸어왔던 길이 있었고, 우측엔 굴곡진 나무들이 자리한 눈밭이 보였다. 동굴 경계에 선 예원이 한 걸음만 더 내디디면 곧바로 눈밭이었다. 맨발로 그 눈을 밟아보고 싶다는 충동에 예원은 신발을 벗었다. 그리고 맨발로 천천히 눈밭 위에 올라섰다.

차갑다 못해 발을 콕콕 찌를 줄 알았던 눈밭은 너무나 부드럽게 느껴졌다. 정돈된 카펫을 밟는 기분이었다. 예원은 그렇게 맨발로, 우측의 숲속 길을 향해 걸어갔다.

예원은 무언가에 이끌린 듯 걸었다. 어디가 끝인지 보이지 않는 미로 속에서, 길 잃을 위험을 알고 있음에도 멈추지 못했다. 위험한 고요였지만 참으로 아름다웠다. 바람 한 점 불지 않는 한 폭의 유화처럼. 뽀드득, 뽀드득. 활을 멘 예원의 발걸음은 A존

지도에 기록되지 않은 곳을 향해 나아가고 있었다.

그때 가까운 곳에서 인기척 소리가 들렸다. 나무와 무언가가 쓸리는 소리였다. 예원은 두꺼운 나무 기둥 뒤로 몸을 숨기고서 근원지를 쫓았다.

그곳엔 다름 아닌 유우가 걸어오고 있었다. 나무 사이를 스치며, 부드러운 몸짓으로. 그러나 아직 예원이 있다는 건 눈치채지 못한 것 같았다. 달빛 아래에 놓인 반짝이는 유우는 이 지구에 살아 있기엔 과분할 정도로 눈부셨다. 몸을 숨기고 유우를 가만히 지켜보자, 낮에는 알아차리지 못했던 상처들을 발견할 수 있었다. 동하가 도끼로 베었던 허벅지부터, 아빠와 용역직원들이 가했을 게 분명한 수많은 흔적까지.

유우가 어느 나무 앞에서 멈춰 섰다. 주변 나무들에 비해 유독 높이가 낮은, 아직 한참은 덜 자란 나무였다. 나무 형태가 왠지 유우의 손과 비슷해 보였다. 예원이 아빠에게 바치려고 했던 그 손. 유우가 본토로 가져가려던 그 손은 A존 땅속에 묻혀, 나무로 재생되고 있었다.

작은 나무 앞에 선 유우가 한쪽 무릎을 꿇고 고

개를 살짝 숙였다. 그러자 유우의 눈가로 투명하고 작은 액체가 천천히 흘러내렸다. 그 액체는 흘러내리자마자 물이 얼 듯 순식간에 고체화되어 반짝였다.

말로만 듣던 유우의 보석이었다.

지금 이 순간, 나무 사이에 숨어 활을 쏜다면 분명 유우를 명중시킬 수 있을 것만 같았다. 조준하려는 순간 몸이 뜨거워지지 않을 것도 알았다. 유우 손은 잃게 됐지만, 그보다도 더 값어치가 있는 눈물을 가져간다면 많은 것들을 바꿔낼 수 있을 것이다. 앞으로 더는 없을, 세상의 유일한 보석을 가져간다면 말이다.

아빠가 유우 복제시스템을 구축하고 있다고 했으니, 저 유우를 죽여선 안 됐다. 원더네트를 피해 저 보석만 가져올 방법을 생각해내야만 했다. 조금 전까지만 해도 기존 《유우도감》에 경멸을 느끼던 예원은, 버릇처럼 또 한 번 아빠라는 블랙홀에 빠져들고 있었다.

예원은 있는 힘껏 활시위를 당겨 조준했다. 덜 위험한 부위를 맞춘 뒤 재빨리 움직인다면 보석을 챙길 수 있을지 모른다. 유우는 여전히 나무 앞에서 눈을 감고 있었다. 예원의 손이 덜덜 떨려왔고, 포근한 눈을 밟고 있는 두 발이 움찔거렸다.

활시위를 놓았다. 활은 바람을 가르며 날아가더니 유우의 얼굴 옆을 스쳐 지나가 허공으로 떨어졌다. 예원의 심장이 터질 것처럼 요동칠 때, 유우가 고개 돌려 예원을 바라보았다. 나무 틈 사이로 예원이 숨어 있다는 걸 처음부터 알고 있던 것처럼, 놀란 기색 없이 가만히 예원을 응시했다. 유우가 두 다리를 딛고 일어서더니 알 수 없는 턱짓을 했다. 예원은 지금이라도 동굴로 도망쳐버리고 싶었지만, 굳어버린 것처럼 조금도 움직일 수 없었다. 폭신한 눈밭이 이젠 빳빳한 판자처럼 느껴졌다.

유우가 다가오더니, 힘이 풀려 주저앉은 예원을 아이처럼 들어 올렸다. 그러자 유우의 볼록한 배가 느껴졌디.

그렇게 예원은 아빠도, 유우 포획업자들도, 산화도 가보지 못한 동굴의 반대 방향으로, 깊은 숲속으로 사라졌다.

# 7

## 새로운 겨울아침

 부드러운 것이 얼굴 위로 내려앉았다. 천천히 눈을 떴을 때 예원은 그것이 흰 눈이라는 걸 알았다. A존의 하늘로부터 눈이 내리자, 시간이 멈춘 풍경 속에 숨이 들어차는 것 같았다.

 여전히 새까만 밤이었다. 예원은 몸을 일으켜 옆에 놓인 나무에 기대어 앉았다. 예원의 키만 한 나무였는데, 엄청 두껍진 않아도 땅속에 단단히 박혀 있었다.

 주위를 둘러보자 자신이 뾰족한 언덕 위에 있다는 걸 깨달았다. 그러니까, A존의 유일한 봉우리말이다. 어찌나 높은지 A존의 모든 전경이 한눈 안에 들어왔다. A존 전체가 거대한 암석처럼 보였고, 그 전경은 회색빛 편마암을 떠올리게 했다. 생명의 근원이 암석에서부터 발생되었을 거라는 가능성처럼, 희망으로 뒤덮인 A존이 예원의 눈앞에 놓여 있었다.

맞은편엔 예원이 눈을 뜰 때까지 기다린 듯한 마지막 유우가 가만히 앉아 있었다. 예원은 다급히 발옆에 놓인 활과 화살을 끌어안으며 몸을 말았다. 하지만 유우는 그저 천천히 팔을 들어 올려 예원이 기대고 있는 나무를 가리킬 뿐이었다.

예원은 고개 돌려 나무를 바라보았다. A존에서 수없이 보던 나무들과 별반 다를 게 없는 듯하여, 결국 몇 걸음 걸어 나와 유우 근처에 섰다. 그러자 나무 전체 모습이 한눈에 들어왔다. 연체동물이 굳어버린 것처럼 굴곡진 모양이 얼핏 보면 다른 나무들과 같았지만, 자세히 들여다보자 어딘가 조금 달랐다. 머리와 몸통, 두 팔과 다리가 달린 것처럼 보이는 나무 형상이 마치 사람처럼 느껴졌다. 예원은 믿을 수 없다는 듯 그 나무를 응시했다. 어딘가 익숙한 느낌을 받았지만 그게 정확히 어떤 것인지는 기억할 수 없었다.

그때, 어떤 음이 들려왔다. 소스라치게 놀란 예원이 그 정체를 쫓았고, 끝내 시선이 다다른 곳은 유우였다. 유우는 입을 움직이지 않고서 소리를 내고 있었다. 실제 공기를 통해 전달된 것인데 유우의 입이 움직이지 않았던 것뿐인지, 그게 아니라면 대체 어떻게 유우를 소리가 내고 예원이 들을 수 있는 건지 전혀 알 수 없었다. 그러나 유우의 음성이 언어가 되어 예원에게로 다다랐다는 사실 하나는 확실했다.

"이성연."

여자의 것도, 남자의 것도 아닌 목소리였다. 유우는 차분히 내려앉은, 음의 굴곡이 없는 소리로 나지막이 말했다. 다른 누구도 아닌 유우가 엄마의 이름을 알고 있다니. 엄마가 정말로 산자나무를 심으러 A존에 왔다가 유우와 친구라도 된 걸까?

더 혼란스러웠던 것은, 유우는 사람 형상을 한 나무를 가리키며 엄마 이름을 몇 번을 더 말했다. 예원이 나무를 향해 천천히 다가갔다. 코끝이 닿을 것처럼 가까이 서서는 나무 위를 쓸어내렸다. 눈을 감은 채, 숨을 크게 들이마셨다.

예원은 지금껏 참았던 눈물을 터뜨렸다. 얼굴이 잔뜩 일그러진 채 나무를 끌어안았다. 더 안을 수 없는데도 있는 힘껏 품 안으로 감쌌다. 같은 집에 살면서도 말 한번 제대로 하지 못했던, 본토에서 죽은 줄 알았지만 지금은 A존 땅에 묻힌 엄마의 짙은 나무 향을 깊게 빨아들였다. 한참 동안 울음을 쏟아내며, 이것이 죽은 엄마의 일부라는 사실을 받아들여야만 했다.

시간이 꽤 지났을 때, 유우의 차분한 목소리가 또 한 번 들려왔다.

"성연은 분전의 땅으로 돌아갔습니다."

"…분전?"

"당신들이 A존이라 부르는 이곳."

분전.

예원은 작게 곱씹었다. 유우 목소리를 들을 수 없었다면 A존이 바다에 잠길 때까지도 알지 못할 섬의 이름이었다.

"그런데 대체… 엄마 이름을 어떻게 아는 거예요?"

"우리의 친구였으니까요."

"……"

"성연의 일부는 우리와 같았습니다. 성연은 어느 여자와 유우 사이에서 태어났거든요. 가끔 이곳에 찾아와 우리와 함께 시간을 보내기도 했죠. 성연이 죽은 건 당신들의 땅에서 너무 오랜 시간을 보냈기 때문입니다. 얼마 전 분전을 찾아왔을 땐 당신들이 고혈압이라 부르는 질병이 이미 돌이킬 수 없는 상태였습니다."

"자, 잠깐만요. 유우는 단성생식을 한다고 알고 있어요. 어떻게 할머니랑 유우 사이에서 엄마가…"

"사례가 없을 정도로 매우 특이한 경우입니다. 다만, 원할 경우 그럴 수 있다고 들었습니다. 물론 당신들과는 다른 방식이겠지만요."

예원이 얼빠진 표정으로 느린 뒷걸음질을 쳤다.

"받아들이기 어렵겠지만 사실입니다. 저 또한 당신을 처음 봤을 때 많이 놀랐으니까요. 이 정도 고지대에서 멀쩡히 숨 쉴 수 있는 본토인은 이제 당신밖에 없습니다. 이곳에선 혈압약을 먹지 않아도 별다른 문제가 없지 않았나요?"

가방에 든 약이 사라져 걱정을 하긴 했지만, 유우 말대로 큰 문제는 일어나지 않았다는 사실을 떠올렸다.

"맞아요."

"성연이 조금만 더 일찍 분전으로 돌아왔으면 살아 있을지도 모릅니다. 목뒤에 잠긴 혈관조직들이 변형되어 원더네트가 됐더라면…."

예원은 이게 꿈일지도 모른다고 생각했다. 지금쯤 자신의 진짜 육체는 지저분한 천 조각을 덮고 산화 옆에서 잠들어 있을 거라고.

유우의 말에 따르면 엄마는 어딘가로 도망간 것이 아니라 이미 숨을 거둔 뒤 분전의 나무가 되었고, 엄마뿐만 아니라 자신의 몸속에도 유우 피가 섞여 흐르고 있었다. 본토에서 예원이 겪던 고혈압과 발화 현상, 그리고 쉽게 적응할 수 없는 모든 것들이 전부 이 비밀로부터 시작된 것이었다니.

아빠도 이 사실을 알고 있을까? 차라리 그게 낫겠다고 생각했다. 그래야 자신을 단 한 순간도 받아들이지 않던 아빠를 이해할 수 있었으니까. 아빠는 그토록 혐오하는 유우의 일부가 담긴 여자를 아내로 받아들이고 사랑에 빠지기까지 했다. 아무리 아빠여도 한번 들어찬 마음을 바꾸기란 불가능했을 것이다. 그런 아빠에게 주어진 유일한 선택지는 그 밑의 아이까진 사랑하지 않겠다는 다짐일지도 몰랐다. 한편 자신을 혐오하며 동시에 사랑하는 아빠와 매일같이 식사해야 했던 엄마는, 매일같이 고동저택에서 탈출하는 꿈을 꾸었겠지.

왜 자신에게마저도 아무런 사실을 말해주지 않았는지 성연이 원망스러웠다. 단 한 순간도 자신의 쓸모를 찾지 못하고, 소속된 기쁨을 누리지 못했던 예원이 향해야 할 곳은 따로 있었다는 사실을 말이다. 먼저 말해주었다면 엄마의 손을 잡고 분전에서 함께 살면 안 되겠느냐고, 함께 부드러운 눈밭을 걷고 싶다고 말했을 텐데.

"그런데 왜 엄마는 아무 말도 없이, 날 혼자 이렇게 두고서…."

울먹이는 예원의 목소리가 떨렸다.

"당신이 아버지를 따르고 싶어 한다는 걸 알았습니다. 성연은 평범한 건 매우 소중한 일이라고 했습니다. 그래서 보편적인 가정에서 그 소중한 걸 얻을 수 있길 원했죠. 성연이 본토에 남은 건 오로지 당신 때문이었습니다."

예원은 고개를 푹 숙였다. 고동저택 창문 너머로 자신을 멀찌감치 지켜봤을 엄마를 떠올리자 가슴이 저려오는 것 같았다.

"당신은 아빠를 많이 닮긴 했지만… 정말로 사랑스러웠다고 말했습니다."

엄마 나무를 올려다보았다. 나무 기둥에 난 문양들을 바라보고 있자, 엄마가 왠지 편안한 미소를 짓는 것 같았다. 이 나무는 분전의 다른 나무들처럼 건조하고 단단해질 것이다. 길고 황홀한 가지들이 하늘을 향해 뻗어갈 것이다. 새로운 생명력과 함께 분전에 어울리는 모습으로.

유우가 한발짝 더 다가오더니 말했다.

"한 가지 부탁이 있습니다."

나무 아래에 주저앉은 예원이 고개를 들었다.

"전 죽어가고 있어요. 이유는 모르겠지만 부패하고 있는 것 같습니다."

그 말에 예원은 유우를 가만히 바라보았다. 고통스러워 보이지도, 혈색이 나쁘지도 않았다. 그저 처음부터 끝까지 잠잠한 바다 같은 모습이었다. 예원이 실제로 유우를 본 건 이 마지막 유우가 처음이었기 때문에, 예원으로서는 유우의 상태를 판단하기 어려웠다. 이 순간 산화가 있으면 좋겠다고 생각했다.

유우의 볼록한 배를 보며 물었다.

"죽어가고 있다니. 그럼 배 속 아이는요?"

"낳지 않을 겁니다. 애초에 이 세상에 태어나게 할 생각이 없거든요. 전 이미 병에 들었고 당신 아버지로부터 이 아일 지켜내지 못할 게 분명합니다. 그러면 아이는 다양한 방식으로 제물이 되겠죠."

"……."

"유우라는 종을 제 선에서 끝내려고 했습니다. 그래서 분전의 거름으로 돌아갈 준비를 하고 있었는데, 저 또한 예상치 못했던 일이 일어난 거죠. 아무래도 저의 자연적 무의식과 본능이 멸종을 우려한 것 같습니다."

아무 감정 없는 표정이었지만 유우 목소리에서 확신이 느껴졌다.

"저한테… 하려던 부탁이 뭔가요?"

"저를 땅에 심어주었으면 좋겠습니다. 묻힐 땅을 이미 파두어서 크게 어렵진 않을 거예요. 제가 그 안에 들어가 몸을 눕히면 흙으로 덮어주기만 하면

됩니다."

"왜 그러고 싶은 건데요?"

"우린 땅으로 돌아가 분전이라는 섬 자체가 될 거예요. 그럼 또다시 유우로 태어나지 않더라도 어떻게든 순환될 수 있는 거죠. 오래전에 떠난 동료들과 재회하면서…."

집념 가득한 눈빛으로 죽은 손을 향해 달려오던 유우를 떠올렸다. 사람을 공격하는 줄로만 알았던 그 움직임엔, 동료의 일부가 차가운 눈밭에서 길을 잃지 않고 땅으로 순환될 수 있길 바라는 마음이 담겨있던 것이다. 마지막 유우는 절단된 손을 땅에 심어 동족의 장례를 치른 뒤, 자신의 장례를 준비하고 있었다.

"마지막으로 남은 저는 땅으로 순환되지 못한 채 떠돌아다닐 수밖에 없겠다고 여겼습니다. 절 묻어줄 동료가 아무도 남지 않았으니까요. 당신을 이곳에서 볼 수 있을 거라고는 상상도 하지 못했습니다. 아무래도 이건… 기적인 것 같네요."

"그러니까, 당신도 나무로 자라난다는 거예요? 엄마처럼?"

"네, 그러려면 당신의 도움이 필요합니다."

"이곳에 있는 나무들이… 유우였구나."

"대부분 그렇습니다. 그중 전 가장 큰 나무가 될 거예요. 다른 유우들처럼 절단되진 않았으니까요."

"저기…."

예원이 잠시 머뭇거리더니 말했다.

"저랑 같이 도망쳤던 사람 중에 유우를 연구하는 과학자가 있어요. 이게 무슨 말인지 알아요? 어쩌면 당신의 병을 치료해줄 수도 있다는 얘기예요. 내가 당신의 목소리를 들을 수 있으니까 말을 전달해주면 되잖아요. 저도 산자나무 열매를 먹어봤어요. 잘 터져서 가지째 먹으면 되게 쓰더라고요. 채소로 다양한 요리를 할 수 있는 것처럼, 산자나무도 그럴 수 있을 거예요. 그럼 더 맛있게 먹을 수 있으니까. 당신에게도 그걸 알려주고 싶어요. 그리고 배 속에 있는 아이는…."

다급한 마음에 책임질 수 없는 말들을 빠르게 쏟아냈지만, 유우는 단호했다.

"자연은 우리의 생존을 원하지 않습니다."

"그럴 리 없어요."

유우가 고개를 저었다.

"우리는 당신들 인간처럼 강한 경쟁심과 파괴력을 지니지 못했기 때문입니다. 우린 본토 사람들에 의해 섬에 고립될 수밖에 없었지만, 오히려 그랬기 때문에 이곳은 낙원이 되었습니다. 우리만의 고립된 낙원인 거죠. 그런데 결국 지켜낼 수 없게 된 거예요. 다행인 건, 그들이 분전 땅 자체에는 그다지 관심이 없는 듯 보였어요. 제가 사라진다면 이 섬만은 지켜낼 수 있으리라 믿고 있습니다."

"그래도…."

"우리가 흘리는 눈물이 비싸다고 들었습니다. 그건 얼마든지 흘려줄 수 있어요. 그러니까… 부탁드립니다."

"……."

"제발."

긴 정적이 흘렀다. 여전히 눈꽃은 천천히 내려앉고 있었다. 자신의 종말을 도와달라 애원하는 목소리에는 오랜 시간 고민한 흔적이 묻어났다. 동료들에게 돌아가지 못하고 이곳을 홀로 떠돌아다녀야 하는 고독이, 그에게는 저주일지도 몰랐다.

고동저택 식탁에 올라오던 유우 요리를 떠올렸다. 아빠마저도 자주 내올 수 없는 희귀한 음식을 말이다. 예원은 속이 매스꺼워졌다. 그게 유우의 몸을 잘라 만든 음식이기 때문인지, 아빠를 향한 증오 때문인지 혼란스러웠다.

예원이 작게 고개를 끄덕이며 힘겹게 말했다.

"…알겠어요."

그러자 유우의 눈이 미세하게 커졌다. 그 눈이 커질 수도 있다는 걸 처음으로 알게 된 순간이었다.

"그런데 내일 섬 입구에 먼저 다녀와야 해요. 삼촌이 절 기다릴 거거든요. 삼촌은… 엄마의 동생이에요."

"알고 있습니다."

"안다고요?"

"언젠가 성연과 함께 이곳에 온 적이 있어요. 우릴 좋아하진 않았습니다. 인정하고 싶지 않다면서 다시 가버렸거든요."

"삼촌이….."

"성연의 부탁으로 당신에게도 아무 말 하지 않았을 거예요. 그를 이해해주면 좋겠습니다."

유우는 예원에게 손을 내밀며 말했다.
"동굴에 데려다줄게요."

★

해가 뜨지 않은 새벽이었다. 빛이 잘 들어오지 않는 동굴은 유독 더 어두웠다. 동하는 자리에 앉아 천천히 무릎을 폈다. 쩍 갈라지는 허벅지 근육 사이로 퍼렇게 굳어가는 딱지들이 보였다. 다리를 움직이면 움직일수록 찾아오는 통증에 입술을 깨물었다.

아직 잠든 산화가 작게 코를 골았다. 낡은 담요를 걷어차고 팔과 다리를 요란하게 꺾은 채로 말이다. 옆자리에 예원이 있었다면 분명 몇 번이고 그 팔다리에 맞았을 것이다.

동하가 놀란 얼굴로 주변을 두리번거렸다. 산화 옆에 자고 있어야 할 예원이 없었던 것이다. 동굴 밖으로 뛰쳐나가 보기도 했지만, 예원은 없었다. 펼쳐둔 물건들을 가방에 구겨 넣으며 짐을 싸기 시작했다.

분주한 소리에 산화가 눈을 떴다. 퉁퉁 부은 얼굴로 눈을 비비며 소음을 쫓았다. 부서진 안경을 걸치더니 잠긴 목소리로 물었다.

"뭐 해요?"

"예원이가 없어요. 찾으러 가려고요."

"그 다리로?"

동하가 아차 한 듯 허벅지를 가렸다.

"어쩌다 그렇게 된 거예요?"

"그물망에 걸렸을 때 고드름에 박혀서요."

"치료가 필요해 보이는데요."

"본토로 돌아가면 치료받으려고요."

"으음… 해 뜨고 움직이는 게 나을 거 같은데."

"아뇨. 예원이가 혹시라도 위험에 처해 있다면 제가 필요할 거예요."

"여긴 중간 지대라 달라요. 해가 없으면 훨씬 더 위험하거든."

동하는 들은 체하지도 않고 계속해서 움직였다. 급한 몸짓으로 동굴을 빠져나가려고 할 때, 동하 발이 책자에 걸리고 말았다. 쿵! 크게 넘어지며 강한 허벅지 통증이 느껴졌다.

"윽…"

산화가 동하를 일으켜 앉혔다. 다리 상태로 보아

당장 움직일 수 없어 보였다. 결국 산화는 뜨거운 물에 산자 열매를 담아 건넸다. 산자 열매 맛보기를 거부하던 동하는 끝끝내 거절하다가, 결국 한입 들이켰다. 씁쓸한 맛이 입안에 오랫동안 남아 있었다.

"A존 입구로 나가는 길을 아세요?"

"네."

"예원이를 찾아서 돌아올게요. 그럼 입구까지만 데려다주실 수 있나요? 부탁드립니다."

"조금만 기다려봐요. 산책하다 돌아올 수도 있잖아."

동하는 당장이라도 뛰쳐나가고 싶었지만, 다친 허벅지 때문에 마음대로 움직일 수가 없었다. 답답한 마음에 한숨을 푹 내쉴 때, 동굴 벽에 쌓인 산화의 기록물들이 눈에 들어왔다. 폐쇄된 공간에 끝없이 이어지는 종이들이. 한 권 집어 펼쳐보고 싶었지만 용기가 나질 않았다. 이해는커녕 제대로 읽지도 못할 테니까.

움직이지 못하는 몸으로 주변을 둘러보던 동하가 지친 목소리로 물었다.

"외롭진 않아요? 여기에 있는 거. 제대로 먹을 것도 없고 말할 사람도 없잖아요."

"그쪽은 본토가 좋아요?"

"좋아해야겠죠. 제가 있어야 할 곳이니까."

"있어야 할 곳이라."

"얼른 돌아가고 싶어요. 추위에 약한 것도 다리가 굳어가는 것도… 괴로워요. 점점 쓸모없어지는 이 느낌. 이곳에 좀만 더 있다가는 정말 그렇게 돼버릴 것 같아요."

"그렇군요."

"저도 원래는 본토에 아무도 없었어요. 그런데…."

"지금은 있다는 건가요?"

동하는 답하지 못했다. 그러더니 작은 목소리로 혼잣말처럼 중얼거렸다.

"사장님을 실망시키고 싶지 않아요."

그때 입구에서 들려온 발걸음 소리에, 그들이 동시에 입구를 바리보았다. 그곳에 예원이 서 있었다.

동하가 놀란 목소리로 물었다.

"예원아! 어디 갔었어?"

"잠깐 다녀올 데가 있었어. 산책 같은…."

"내 말이 맞죠?"

산화가 미소 지었다.

"어, 그런데 너 가방이…."

예원이 잃어버린 가방을 들고 있었다. 가방끈을 쥐며 시선을 피하더니, 고백하듯 말했다.

"사실 유우를 만났어."

"뭐?"

산화가 깜짝 놀라 자리에서 일어났다.

"유우가 가방을 줬어. 주웠던 손은 없었고."

"그게 대체 무슨 말이야? 네? 어떻게 됐는지 자세히 말해주세요."

산화가 흥분한 채로 목소리를 높였다.

"우선 삼촌을 만나러 A존 입구로 내려가야 해요. 같이 가준다면 내려가는 길에 말해줄게요."

산화는 그 어느 때보다도 빠르게 겉옷을 챙겨 입었다. 산화의 흥분을 뒤로하고, 동하와 눈이 마주쳤다. 주고받는 그 시선엔 왠지 모를 두려움이 섞여 있었다. 그 이유는 각자 다른 듯했지만, 다가올 미래에 대한 것이라는 건 서로 말하지 않아도 알 수 있었다.

세 사람은 분전 입구로 향했다. 앞장선 산화가 콧노래를 부르며, 예원이 유우에 대한 이야길 해줄 때까지 기다렸다. 자신의 인내력을 최대치로 끌어내어 참고 기다려도 예원이 먼저 이야기할 생각이 없어 보이자, 결국 산화가 옆에 달라붙어 수많은 궁금증을 쏟아냈다. 예원은 자신과 관련된 '진짜' 비밀은 꺼내지 않은 채, 산화가 궁금해하는 것들에 대한 답을 해주었다.

동하는 굳어가는 다리를 힘겹게 움직이며, 말없이 그들의 이야길 들었다. 새어나가는 신음을 삼켜내기 위해 입술을 깨물며 애를 썼다. 예원은 그런 모습을 몇 번이나 목격했지만, 못 본 척하고서 걸어갔다.

유우만 보고 집으로 돌아가기로 했던 예원은 이곳에 남기로 결심했다. 애초에 있어야 했던 곳에 남아 스스로에 대해 더 알아가고 싶었다. 유우의 마지막 부탁을 들어주겠다며 삼촌 배에 올라타지 않고 뒤를 돌아설 때, 동하와 삼촌에게 뭐라고 설명해야 할지 몰라 머리가 아팠다.

유우의 마지막 부탁을 수행할 수 있도록 산화에게 도와달라고 할 생각이었다. 그리고 연구에 함께 하고 싶다고 고백할 것이다. 산화가 거절한다면 몇 번이고 더 이야기해 볼 것이다. 자신의 장점을 읊으며 분명 도움이 될 거라고 주장할 계획이었지만, 그게 무엇인지는… 그때 다시 생각해보기로 했다.

반나절을 걸었다. 이미 식은땀에 잔뜩 젖은 동하는 창백한 얼굴을 하고 있었다. 걱정스러운 얼굴로 예원이 물었다.

"괜찮아?"

동하가 힘겹게 고개를 끄덕였다.

"정말?"

동하는 또 한 번 말 없이 고개를 끄덕였고, 예원이 그를 부축해 걸었다.

조금만 더 가면 입구였다. 다행히도 산화가 길을 꿰뚫고 있어서, 늦은 오후 시간대에 겨우 도착할 수 있었다. 저 앞에 놓인 거대한 바위를 지나면 삼촌이 그들을 기다리고 있을 것이다. 그곳에 반드시 삼촌이 있어야 했다.

바위를 끼고 골목을 돌자, 고요한 바다로 둘러싸인 분전 입구가 보였다. 순간 예원과 동하는 시간이 멈춘 것처럼 그대로 멈춰 섰다. 아무리 둘러봐도 삼촌의 낡은 배는 보이지 않았다. 그곳엔 삼촌의 작은 배가 아닌… 커다랗고 단단한 배에서 아빠와 용역직원들이 내리고 있었다.

그들을 발견한 아빠가 멈칫하더니, 기다릴 게 왔다는 표정으로 빤히 응시했다. 예원은 아빠의 얼굴을 보자마자 환상 같았던 꿈에서 단번에 깨어나는 기분이었다. 언제나 그랬듯 침대에서 일어나 아침을 먹고 식탁을 정리한 뒤, 다른 일자리를 구하기 위해 온 마을을 돌아다녀야 할 것만 같았다.

용역직원들은 배에 실은 무기를 내리고 있었다. 익숙한 얼굴로 무겁고 날카로운 것들을 꺼냈다. 아빠는 그 옆에 서서 직원들을 감독하고 있었는데, 아빠 주머니 틈으로 혈압약이 보였다. 예원의 시선이 느껴지자, 아빠는 혈압약을 감추듯 주머니 깊은 곳으로 밀어 넣었다.

동하가 도둑질하다 걸린 아이처럼 안절부절못한 채 말했다.

"사장님… 그게…."

아빠의 시선이 동하의 허벅지로 향했다. 표정 하나 변하지 않는 얼굴이었다.

"동하 너는, 타라."

동하는 난감한 얼굴로 예원을 바라보았다. 아빠

와 예원 사이에 놓인 동하는 그들을 번갈아 보며 곤란해했다.

"고드름에 찔린 거지? 내버려뒀다가는 다리 못 쓴다. 돌아가자마자 치료받을 거야."

동하는 죄를 지은 아이처럼 고개를 푹 숙였다.

"예원아, 먼저 가 있을게."

그러고선 아빠 배를 향해 절뚝대며 걸어갔다. 예원은 가만히 서서 그 뒷모습을 바라보았다. 한동안은 동하를 만나지 못할 거라는 생각에, 배로 사라지는 그의 모습이 더 흐릿하게 보이는 듯했다.

무기를 다 내린 용역직원들이 아빠에게 물었다.

"이제 어떻게 할까요?"

"잠깐 쉬고 있어."

용역직원들은 "네." 하고 대답하더니 무기 근처에 모여 앉았다. 산화는 상황 파악을 하느라 눈이 분주했다.

"박예원. 가까이 와."

아빠 말을 듣고 싶지 않았다. 걷는 건 전혀 문제없었지만, 아빠가 걸으라고 해서 걷는 건 싫었다. 그러나 잠깐 버틴 것도 잠시, 예원은 또다시 아빠의 말을 따라 천천히 걸어가는 자신의 모습을 발견했다. 그러고는 아빠와 일정 거리를 둔 채 섰다.

"여기에 왜 온 거지?"

"……."

"말해."

"여기 온 건 어떻게 알았어요?"

"뭐?"

"진영 이모가 말한 거예요?"

"그건 네가 알 거 없어. 자리를 비운다고 거기에 내가 없는 게 아니야."

예원은 몸이 점점 뜨거워지는 걸 느꼈다.

"더 묻게 하지 마. 여기에 왜 온 거지?"

"유우를 보고 싶어서요."

"왜?"

숙어도 아빠에게 유우의 눈물을 가져다주고 싶었다는 말은 하고 싶지 않았다.

"무슨 비밀을 알아내기라도 한 건가?"

아빠의 눈이 미세하게 꿈틀거렸다. 어쩌면 예상대로 아빠가 모든 비밀을 처음부터 알고 있을지도 모른다고 생각했다. 아니… 확신할 수 있었다.

예원이 나지막이 답했다.

"네."

아빠가 떨리는 콧바람을 내뿜더니 잠시 허공을 바라보았다. 그러곤 단호한 목소리로 말했다.

"그래서, 어떻게 할 생각이지?"

"여기 남을 거예요."

아빠 눈 아래에 작은 경련이 일었다.

"아니. 넌 나랑 고동저택으로 갈 거야."

"싫어요."

그러나 아빠는 소용없다는 듯 용역직원들에게 소리쳤다.

"이것들 다시 배에 올려. 많이 가져올 필요도 없었네. 여기에서 만날 줄은 몰랐으니까."

용역직원들이 알겠다고 답하며 자리에서 일어났다.

"싫다니까요!"

예원의 목소리는 존재하지 않는다는 듯, 아빠는 양손을 허리에 올리고 용역직원들이 일하는 모습을 지켜보았다. 예원은 공포감에 휩싸였다. 이대로라면 영락없이 아빠와 함께 고동저택으로 돌아가야 했다.

태어난 순간부터 얼마 전까지 평생을 살아온 집이

지옥처럼 다가왔다. 엄마처럼 혈압약을 욱여넣는 고동저택의 유령이 될지도 몰랐다. 무엇보다도 그렇게 관심 한번 준 적 없는 자신을, 왜 이렇게 놓아주려 하지 않는 건지 이해할 수가 없었다.

산화는 예원 곁에, 동하는 아빠 곁에 서서 복잡한 표정을 짓고 있었다. 예원은 아빠 등에 대고 절대 가지 않을 거라고 몇 번이나 소리쳤지만, 그럼에도 아빠는 끄떡없었다.

예원이 또 한 번 소리쳤다.

"싫다니까! 엄마처럼 살진 않을 거야!"

그제야 아빠가 뒤를 돌았다. 매서운 눈으로 성큼성큼 다가오더니 예원의 볼을 한 손으로 휘어잡았다. 숨이 쉬어지질 않았다. 그럼에도 예원은 아빠 눈을 똑바로 쳐다보기 위해 애를 썼다. 용역직원들이 흠칫 놀라 움직임을 멈췄다.

"네 엄마는 함부로 입에 올리지 마. 아무리 너여도 말이야."

예원이 울먹이며 힘겹게 웅얼거렸다.

"도대체 왜 도망가지도 못하게 잡아두고 유령으로 만들려는 건데요. 나 같은 건 필요 없잖아! 떠나겠다잖아!"

아빠가 한참을 날카롭게 노려보더니 이내 예원을 놓아주었다. 분을 못 이기겠다는 듯 아빠의 숨이 가빠졌다. 그 뒷모습에 대고 예원이 말했다.

"유우 피가 섞인 것도 다 알고 있었으면서… 그래서 날 그렇게 증오했던 거잖아. 엄마도, 삼촌도."

그 순간, 얼굴이 붉어진 아빠는 더는 참을 수 없다는 듯 예원의 뺨을 세게 내리쳤다. 예원은 어안이 벙벙한 채로 맞은 뺨을 감쌌다. 아빠 자신도 매우 놀란 눈치였다. 아무리 무뚝뚝하고 차가웠어도, 지금까지 단 한 번도 예원에게 손을 댄 적은 없었다. 충격에 휩싸인 예원이 아무런 대꾸도 하지 못하고 눈물을 뚝뚝 흘렸다.

아빠가 예원의 손목을 잡고 배를 향해 끌고 가기 시작했다. 그렇게 하면 홧김에 예원을 내리친 실수가 잊히기라도 하는 듯 평소보다 더 거칠게 행동했다. 예원은 안간힘을 썼지만, 시간이 조금 지체될 뿐 결국 짐짝처럼 질질 끌려갈 수밖에 없었다. 분전 바닥에 깔린 모래에 예원의 흔적들이 한가득 새겨지고 있었다. 산화가 어찌할 줄 몰라 알 수 없는 혼잣말을 중얼거리며 발을 굴렀다.

"싫어, 싫어…!"

예원이 소용없는 발버둥을 쳤다. 이대로 떠날 순 없었다. 유우의 장례를 치러준 뒤, 산화에게 마음을 고백해야 하고, 그걸 받아준다면 유우와 분전에 대한 모든 기록을 처음부터 다시 정리해야 했다.

그때였다.

쿵! 쿵! 쿵!

묵직한 발걸음 소리와 함께 땅이 흔들렸다. 그곳에 있던 모두가 일제히 움직임을 멈추고 소리를 쫓았다. 유우가 그들을 향해 다가오고 있었다.

아빠가 용역직원들에게 소리쳤다.

"준비해!"

그러자 용역직원들은 배에 실으려던 무기들을 능숙한 몸짓으로 도로 꺼내 들었다.

유우가 포효했다. 가방에 담긴 손을 쫓아올 때와는 전혀 다른 모습으로, 마치 '진짜' 적을 만났다는 듯이 처음 듣는 울음소리를 냈다.

아빠는 마지막 유우가 어딘가 다르다는 걸 눈치챘다. 배가 볼록 튀어나온 것을 말이다.

"허."

그때 유우가 손에 쥐고 있던 바위를 용역직원들을 향해 날렸다. 피하고 던지고를 반복하면서 분전 입구가 난장판이 되어갔다. 자칫하면 용역직원 모두가 짓밟힐 위험한 순간이 반복되는 동안, 유우는 포식자 같은 모습을 하고 있었다. 하지만 아빠는 두려움 없는 굳건한 얼굴을 했다.

"병든 놈이야, 딱 보면 알지. 넘어뜨리면 돼."

"하지만 형님! 마지막 놈을 실험실에 가져가기로 한 건 어떻게 합니까?"

"머리와 원더네트만 멀쩡하면 돼. 그리고 저놈… 새끼를 뱄어."

"예?"

유우 배를 확인한 용역직원이 말했다.

"저런 건 처음 보네요."

"어차피 죽어가는 늙은 놈이라 쓸모없어. 배, 그다음 목을 노린다."

"예!"

아빠는 유우가 발악하는 틈을 타, 갈고리를 던져 발목에 걸었다.

"다들 붙어!"

아빠가 소리치자 용역직원들이 아빠에게로 달려갔다. 거대한 장정들이 힘을 합쳐 갈고리를 잡아당기자, 중심을 잃은 유우가 힘없이 바닥으로 쓰러졌다. 무거운 유우가 한순간에 내려앉자 큰 모래바람이 사방을 덮쳤다. 산화는 머리를 쥐어뜯으며 비명 질렀고, 동하는 생전 처음 보는 광경에 입 벌린 채 굳어버렸다. 그리고 예원은… 영혼이 빠져나간 빈 육체처럼 보였다.

아빠와 용역직원들은 전혀 개의치 않다는 듯, 재빠르게 움직여 그다음 작전을 펼쳤다. 두 명의 용역직원이 각각 유우의 두 다리로 흩어졌다. 매듭이 지어진 동그란 밧줄로 발목을 묶고, 유우가 움직이지 못하도록 양쪽에서 힘껏 잡아당겼다.

그때 아빠는 석궁처럼 생긴 휴대용 노포를 어깨 위에 올렸다. 그리고 용역직원 중 한 명이 가져온 활을 노포 사이에 끼워 넣었다. 예원의 것과는 전혀 비교할 수 없을 정도로 길고 무거운 활이었다. 아빠는 손잡이를 잡아당겨 장전한 뒤 한쪽 눈을 감고 조준했다. 유우가 바닥에 쓰러진 채로 발버둥을 쳤지만,

조준을 벗어나기란 쉽지 않아 보였다.

아빠는 단 한 순간의 망설임도 없었다. 장전 장치를 풀자, 활이 무서운 속도로 돌진하더니 유우 복부로 박혀 들어갔다. 유우가 오열 섞인 비명을 내질렀다.

아빠는 노포를 바닥에 집어 던지듯 내려놓고는 도끼를 쥐었다. 곧바로 유우 목을 내리쳐 머리와 원더네트를 가져가기 위함이었다.

이렇게 끝날 순 없었다. 이런 마지막을 맞이해선 안 됐다. 예원은 자리에서 일어서더니 가방끈에 달아뒀던 활과 화살을 쥐었다. 그리고 다급히 활시위를 당겼다. 예원이 조준한 곳은 유우 머릴 향해 달리고 있는 아빠였다. 화살 끝이 뛰어가는 아빠를 따라 움직였다. 아빠가 유우의 머리 앞에 도착했을 때 예원과 눈이 마주쳤고, 그렇게 아무도 눈을 피하지 않은 채 서로를 응시했다. 유우 목을 내리치려는 아빠와, 그런 아빠를 조준하는 딸이. 아빠는 두려워하지 않았다. 예원이 절대 활을 놓을 수 없을 거란 걸 알았으니까.

아빠가 덤덤한 표정으로 말했다.

"실망스럽구나. 끝까지 나약한 네 모습이."

아빠의 목소리는 예원의 귀를 한가득 채우더니 온몸에 들이박혔다. 가슴이 내려앉는 기분이었다. 제 손으로 모든 걸 망쳐버린 기분이었다. 이제 더는 돌이킬 수 없을 것만 같았다.

그러나 동시에 깊은 해방감을 느꼈다. 예원이 그토록 원하던 걸 얻지 못하는 완전한 실패의 순간임에도, 발목에 달려 있던 족쇄가 풀린 기분이었다. 가슴이 내려앉는 듯한 기분은 분명 착각이었다. 오히려 자유와 함께 날아올랐으니까. 아빠의 언어는 더 이상 예원을 괴롭힐 수 없었다.

활을 당긴 예원의 손이 부들부들 떨려왔다. 활 끝은 아빠의 심장을 향했다. 지금 활을 놓는다면 그대로 찢고 들어갈 수 있을 것이다. 아빠가 두꺼운 활로 유우 베를 관통시켰던 것처럼. 놓아야 하는데, 기회는 지금뿐일 텐데… 머리로는 그렇게 되뇌면서도 정작 쏘지 못하는 자신이 원망스러웠다. 어째서 단 한순간도 이 활시위를 놓지 못하는 건지 자괴감이 몰아쳤다.

아빠가 머리 뒤로 도끼를 높게 들어 올렸다. 이제

는 정말 놓아야 했다. 다시 내려찍으려는 순간… 활이 포물선을 그리며 날아갔다. 예원이 활을 놓은 것이다. 날카로운 활은 빠른 속도로 날아가더니, 도끼를 든 아빠의 어깨에 박혔다.

아빠가 비틀거렸다. 충격 어린 눈빛으로 예원을 응시하면서. 예원은 그 순간에도 자신이 한 행동을 믿을 수가 없었다. 아빠는 이내 시선을 거두고는, 힘을 주어 활을 뽑아내자 피가 흘러나왔다. 그럼에도 전혀 신경 쓰지 않고서 도끼를 다시 고쳐 잡았다.

그리고… 아빠가 목표했던 바를 기어이 손에 넣었다.

용역직원이 가져온 두꺼운 보자기에 유우의 머리를 넣었다. 머리가 보자기 안으로 들어가는 순간, 아직까진 살아 있는 원더네트가 빛을 받아 반짝였다. 아빠는 용역직원에게 머리를 건네고는 손을 털더니, 예원에게는 어떤 시선도 던지지 않고서 배로 향했다. 언제나 그렇듯 단단한 모습이었지만, 아빠는 혼란스러워 보였다. 떨리는 숨이 새어 나오는 걸 애써 감추는 아빠의 몸이 새빨개졌다. 당장 이곳을 벗어나고 싶어 하는 것 같았다. 옆에서 용역직원이 "유우

몸통과 팔다리는 어떻게 할까요?"라고 물었지만 아빠는 아무 대답하지 않았다. 어떤 소리도 들리지 않는 것처럼 그대로 배 위에 올라탔다. 그러자 용역직원이 배 시동을 걸었다.

분전으로부터 아빠의 배가 출발했다. 아빠는 등을 돌린 채 나아가야 할 방향을 바라보았다. 울상 짓고 예원을 바라보는 동하가, 아빠 배의 물결을 타고 점점 멀어져 갔다. 그렇게 그들은 안개가 뒤덮인 바닷속으로 사라졌다.

달리는 배 위에 선 아빠는 안개라는 허공에서 침을 삼켰다. 동하는 아빠의 몸이 떨리는 것을 보았겠지만, 왠지 봐서는 안 될 걸 보기라도 한 것처럼 고개를 돌렸다.

그때 반대편에서 또 다른 배가 다가오고 있었다. 아빠 것에 비해 초라할 정도로 작고 낡은 배였다. 삼촌이었다. 두 배가 가깝게 스치는 순간, 아빠와 삼촌이 서로를 발견했다. 아빠의 눈은 삼촌을 향한 깊은 증오로 가득 차 있었다. 그 누구도 예상치 못한 만남이었다. 그렇게 어깨를 스치듯 지나쳐 각자가 가야 할 곳으로 향했다.

삼촌은 분전에 도착하자마자 처참한 광경을 목격해야 했다. 산화는 얼빠진 모습으로 죽은 유우 가까이에 앉아 있었다. 그 옆에 서 있던 예원이 삼촌에게 다가가 안겼다. 삼촌은 아무것도 묻지 않았다.

예원과 산화, 그리고 삼촌은 마지막 유우를 묻기로 했다. 예원의 주장에 누구도 토 달지 않았다. 아무 말 없이 받아들일 뿐이었다. 분전의 입구에서부터 유우가 땅을 파둔 곳까지, 힘을 합쳐 무거운 유우 시체를 끌었다.

죽은 유우와 눈밭의 마찰음 외엔 어떤 소리도 들리지 않았다. 예원도, 산화도, 삼촌도 아무 말 없이 땀을 뻘뻘 흘렸다. 공격적인 눈바람에 휩쓸리고, 올라가던 언덕길에서 몇 번이고 미끄러지고, 유우 몸에 깔리기도 하면서 나아갔다.

앞만 보며 묵묵히 설산을 오를 때, 문득 엄마 서랍에 들어 있던 자물쇠 달린 금고가 떠올랐다. 그 안엔 무엇이 들어 있을까? 유우의 눈물이거나, 예원은 알지 못하는 비밀이거나, 누군가에게 쓴 편지이거나. 만약 편지라면 수신자는 누구일까? 수신자가 예원일 가능성은 얼마 정도 될까?

예원은 언제 끝날지 모를 이 여정 내내 그 안에 어떤 비밀이 들어 있을지 상상하기로 했다. 그 금고를 발견했던 때, 열쇠가 없어 열지 못했던 것이 차라리 다행이라는 생각이 들었다. 현실과는 다른 무언가를 끊임없이 떠올려야만 이 상황을 버틸 수 있었기 때문이다.

세 사람은 각자만의 방식으로 무너지지 않기 위해 노력하며, 그렇게 두 밤을 꼴딱 새웠다.

✱

셋째 날의 동틀 녘이었다. 그들은 마지막 유우가 정한 땅에 도착했다. 그곳은 꽤 높은 곳이라 분전의 넓은 풍경이 보였다. 화려하지도, 눈에 띄지도 않는 구석진 자리였다. 동이 트는 푸른빛에 그들의 땀이 반짝거렸다.

세 사람은 마지막 유우를 구덩이 안으로 집어넣었다. 그리고 옆에 쌓인 흙을 손 한가득 담아 그 안으로 옮기기 시작했다. 예원은 목이 잘려 흙으로 뒤덮이는 그 모습을 보지 않으려고 고개를 돌린 채, 계속해서 흙을 옮겨 담았다. 팔과 다리가 마비된 채 당장이라도 쓰러질 것 같았지만 멈추지 않았다. 그만두고 싶어질 때마다 예원은 계속해서 움직이는 산화와 삼촌이 함께한다는 것을 기억했다.

또 한 번 흙을 뿌렸을 때였다. 죽은 유우에게서 작은 옹알이가 들렸다. 약속이라도 한 듯 그들은 손을 멈추고 서로를 바라보았다. 찰나였지만 분명한 소리였다. 의아해하고 있을 때 또 한 번 옹알이가 들렸다. 그 소리를 확인하기 위해 삼촌이 구덩이 아래로 내려갔다.

놀랍게도 유우의 찢긴 복부 사이로 아기 유우가 보였다. 아직 눈은 뜨지 못한 채로, 아름다운 회색빛을 뿜으며, 살아 있었다. 아빠가 쏜 화살이 미세하게 빗겨나간 것이다. 마치 기적이 일어난 것처럼.

삼촌이 아기 유우를 꺼냈다. 예원에게 건네고는 땅 위로 올라왔다. 예원은 겉옷을 벗어 아기 유우를 감싸고 가만히 들여다보았다. 사람 아기보다 훨씬 더 큰 아기 유우가 새근거리고 있었다. 참을 수 없는 미소가 새어 나왔다. 아기 유우를 보기 위해 가까이 다가온 산화는 가득 차오르는 환희에 눈물을 글썽였다.

"아름다워라."

그들은 아기 유우를 잠시 내려놓고는 남은 과제를 이어갔다. 목 잘린 유우가 큰 나무로 다시 태어날 수 있도록, 간절히 원했던 것처럼 분전의 일부가 될 수 있도록.

마지막 흙을 덮었다. 이제는 떠날 수 있을 것이다. 유우가 땅으로 돌아가 분전의 거름이 되고, 그 거름이 아기 유우에게 자양분이 되어줄 것이다. 아기 유우가 잘 자라준다면 예원과 성연 나무가 만났던 것처럼, 이들도 그들만의 방식으로 재회를 할 수 있을 것이다.

해가 떠오르기 직전, 분전 하늘을 보고 있자니 고동저택이 떠올랐다. 오염된 돌연변이는 사라져야 한다는 마음을 품은 채, 유우의 눈물을 꼭 가져가겠다고 다짐했던 시간들이. 지금의 예원은 새로 태어난 기분이었다.

분전 사이사이에 놓인 날카로운 투명 고드름은 여전히 환상 속 그림 같았다. 예원은 견디지 못할 정도로 눈부신 그 모습들을 눈에 담았다. 거대한 석영 속에 서 있는 듯한 기분에 가슴이 두근거렸다. 고동저택 2층에, 혹은 깊은 눈밭에 파묻혀 잠들고 싶지 않았다. 계속해서 살아남아 더 많은 것들을 알고 싶었다.

예원과 같은 풍경을 바라보던 산화에게 말했다.

"유우를 기록하는 일, 저도 하고 싶어요."

그러자 산화의 눈이 동그래졌다.

"제가 도움이 될 이유를 생각해두려고 했는데, 아직 떠올리진 못했어요…. 하지만 이 아기 유우와도 언어를 공유할 수 있다면 무엇이든 도움이 되고 싶어요. 그래도 될까요?"

산화가 부서진 안경 너머로 예원을 들여다보았다. 괴짜 같던 산화도 적잖이 놀란 눈치였다. 산화가 웃음기 없는 눈으로 자신을 빤히 쳐다보자, 혹시라도 거절할지 모른다는 생각에 입술을 깨물었다.

산화의 망가진 안경이 빛을 반사하고 있었다.

"덜 외로울 수 있겠네요."

산화의 말에, 예원이 벅차오른 얼굴로 미소를 지었다. 안도와 기쁨이었다. 그 순간 홀로 이곳을 드나들었을 엄마를 떠올렸다. 엄마에게 하고 싶은 이야기도, 듣고 싶은 이야기도 많았다. 분전에 도착한 이후로 봤던 황홀한 순간들을, 엄마와 함께 공유하고 싶었다.

곁에서 지켜보던 삼촌이 말했다.

"하나씩 천천히 설명해줄 거지?"

"응."

그들이 마주한 하늘 위로 해가 떠올랐다. 태양 빛 아래에 놓인 아기 유우가, 예원의 품에 안겨 잠들어 있었다.

계속해서 찾아올 분전의 아침 속에서.

색색.

〈끝〉

**작가의 말**

 자기 전 다큐멘터리를 보지 않으면 쉽게 잠들지 못하는 날들이 있었다. 주로 생물의 순환과 관련된 것들이었는데, 그 주제를 감싸고 있는 조용한 소리들이 마음을 편안하게 했다. 생명의 시초부터 진화, 멸종과 같은 흐름을 보고있자면 내 머릿속을 채운 온갖 고민들이 아주 작게 느껴지기도 했다. 광활한 우주의 작은 점인 걸 인지할 때처럼 말이다.

 자연 입장에서 보았을 때 개체의 죽음은 자연스러운 흐름 중 하나다. 그 죽음은 진화로 이어지거나 분파가 나뉘어졌고, 멸종으로 향하기도 했다. 죽음이 없었다면 쉽게 알 수 없는 결과였다. 어떤 이의 장례식에서 주운 노잣돈으로 가난한 아이가 배를 채울 수 있는 것처럼, 어쩌면 죽음은 다른 형태의 무엇일지도 모른다.

많은 이들은 떠나는 이의 길이 순탄하길 바라며, 서로 다른 방식으로 장례를 치른다. 무거운 짐은 내려놓고 가벼이 걸어갈 수 있길 속삭이며. 그렇다면 자신의 장례를 치뤄줄 동족이 아무도 없는 괴수들은 어떤 방식으로 세상을 떠날 수 있을까? 바실리스크나 카트블레파스처럼 요괴라 불리는 이들은 곁에 동족이 없을 텐데.

이후 죽음의 방식에 관한 여러 이야기를 썼는데, 그 중 하나가 《유우의 섬》이다. 스스로 장례를 치뤄야 하는 존재에 대한 궁금증으로부터 시작됐다.

위에서 말했던 여러 다큐멘터리에 등장한 생물들도 흥미로웠지만, 무엇보다 눈길이 향한 건 정보를 설명하는 과학자들의 눈빛이었다. 도대체 무엇이 이들을 이끈 것일까? 이들의 마음을 파고든 그 강한 힘은 무엇이었을까? 어떤 특성 하나를 발견해내기 위해 평생을 바치는 사람들의 순수함을 보며 너무나도 경이로웠고 존경심이 피어올랐다. 그 마음을 산하를 통해 담아보고 싶었다.

《유우의 섬》을 읽어주신 분들께 감사드린다. 예원이 자신의 길을 찾아간 것처럼, 이 글을 읽고 계신 분들 또한 그 길을 찾아갈 수 있기를 소망한다. 나 역시 앞으로도 영화를 비롯한 다양한 이야기를 꾸준히 만들며, 그것들을 세상에 드러낼 수 있는 기회를 계속해서 찾아가려 한다.

강다연

## dot.22
# 유우의 섬

**초판 1쇄 발행**  2025년 9월 10일

**지은이**  강다연
**펴낸이**  박은주
**디자인**  김선예, 이다솔, 이수정
**마케팅**  박동준

**발행처**  (주) 아작
**등록**  2015년 9월 9일 (제2015-000140호)
**주소**  10542 경기도 고양시 덕양구 청초로 19
아이에스비즈타워센트럴 A동 707호
**전화**  02.324.3945-6    **팩스**  02.324.3947
**이메일**  arzaklivres@gmail.com
**홈페이지**  www.arzak.co.kr
**ISBN**  979-11-6668-822-5  04810
979-11-6668-800-3  04810 (세트)

© 강다연, 2025

책 값은 표지 뒤쪽에 있습니다.
잘못 만들어진 책은 구입하신 서점에서 교환해 드립니다.